初學記卷第六

地部中　錫山安國校刊

總載水第一

敘事　淮南子云積陰之氣爲水文子云水之道上天爲雨露下地爲江河漢書云書稱水曰潤下坎爲水水位在北方終藏萬歲者也爲政令順時陰陽調和終始相成十二月咸得其氣則水得其性此之謂潤下若政令逆時霧

水暴出百川流溢壞鄉邑溺居人及淫雨傷稼是爲水不潤下爾雅曰水中可居者曰洲（亦曰潬音達旱反）小洲曰渚小渚曰沚（亦曰小沚曰坻又小沚曰磧）凡水邊皆曰涯曰畔曰干曰漬曰濱涯上下坦曰漘（一曰隒）重涯曰岸岸上地曰滸曲涯曰澳（一曰隈）水草交曰湄裨增水邊土人所止曰澨水曲曰汭水北曰陽水南曰陰水出山石間曰漈（音祭）山夾水曰澗水注川曰谿水注谿曰谷水通谷曰

鑿石絶水曰梁築土遏水曰塘[一曰隄又曰防]大防曰墳
水所鍾曰澤廣澤曰衍澤曲曰皐障曰陂澤無
水有草木曰藪水通流曰川水本曰源源曰泉
泉正出曰濫泉側出曰氿[音軌]泉泉所出同所歸
異曰肥泉異出同流曰瀵[敷問反]深水曰潭急水
曰流砂石上曰瀨[亦曰湍曰灘曰磧]水別流曰派大水有
小口別通曰浦風吹水涌曰波[亦曰浪]大波曰濤
小波曰淪平波曰瀾直波曰徑水朝夕而至曰
潮風行水成文曰漣水波如錦文曰漪水行曰

涉逆流而上曰泝洄順流而下曰泝游[亦曰沿流]絶
流而渡曰亂以衣涉水曰厲繇膝以下曰揭繇
膝以上曰涉渡水處曰津[亦曰濟]潛行水下曰泳
[自水中可居已下並出爾雅釋名說文三書]水神曰天吳[山海經云天吳八首十八尾亦曰水伯]
大波之神曰陽侯[博物志曰昔陽国侯溺水因爲大海之神]濤之神曰
靈胥[博物志云昔吳相伍子胥爲吳王夫差所殺浮之於江其神爲濤]

事對

流濕 潤下[易曰水流濕火就燥尚書五行一曰水水曰潤下潤下作鹹]

包天 帶地[春秋元命苞曰水者天地之包幕五行之始焉万物之信由生王虎之水賊曰水帶地而壤潤月流天而霄烟陸士衡詩曰逝矣經天日悲哉帶地川]

習坎 盈科[易曰水洊至習坎君子以常德行習教事孟子曰水之爲物也不盈科不行君]

子之於道也不成章不達
趙岐曰盈滿也科坎也

八水　三川

戴延之西征記曰關內八水涇二渭三灞四滻五澇六滈七灃八潏漢書曰河南故秦三川郡韋昭注曰有河洛伊故曰三川

秋涸　冬凝

礼記曰仲冬之月水始涸淮南子曰夫水向冬則凝而為氷向春則泮而為水

九河　八海

尚書曰九河既道孔安国注曰河水分為九道平原以北是也閑令內傳曰須弥山東南有山曰崑崙在八海內

三江　五湖

尚書曰三江既入震澤厎定孔安国注云三江已入致定為震澤周礼揚州之浸曰五湖

滎河　溫洛

尚書中候曰堯即政七十載修壇河洛仲月辛日昧明礼備滎光出河休氣四塞鄭玄注云滎光五色從河水中出易乾鑿度帝盛德之應洛水先溫九日乃寒五日变為五色玄黃

碧海　絳河

東方朔十洲記曰東有碧海廣狹浩汗與東海等水不鹹苦正作碧色王子年拾遺記曰絳河去日南十万里波如絳色多赤龍赤色魚而肥美可食上仙服得之則後天而死

清濟　濁河　玄灞　素滻

袁宏北征賦曰於是背梁山截汶波汎清濟傍祝阿劉劭趙都賦曰其南也則有洪川巨瀆黃水濁河發源積石逕拂太華潘岳西征賦曰北有清渭濁涇蘭池周[redacted]西有玄灞素滻湯井溫谷

粉水　錦流

盛弘之荊州記曰筑陽縣西有粉水源出房陵縣取其水為粉鮮潔異於錦水故因名粉水巴郡臨江縣亦有此水取以為粉舊常獻之華陽国志曰成都道西城故錦宮也錦工織錦濯流江中則鮮明濯他江則不如故命曰錦里城

利萬物　成百事

老子曰上善若水水善利万物而不爭處衆人之所惡故幾於道文子曰水之道也大不可極深不可測万物不得不生百事不得不成

君子觀　小人溺

孫卿子曰孔子觀於東流之水子貢問曰君子見大水必觀焉何也孔子曰夫水徧與諸生而无為也似德其流也卑下倨句必循其理似義浩浩乎不居似有道其延万仞之谷不懼似勇主量必平似法盈不求概似正綽約微達似察以出以入就潔似善發源必東似志是以君子見大水必觀焉礼記曰小人溺於水君子溺於口夫水近於人而易以溺人

懷山襄陵　浮天載地

尚書云帝曰咨四岳湯湯洪水方割蕩蕩懷山襄陵浩浩滔天
郭氏玄中記曰天下之多者水焉浮天載地高下无不至万物
无不
潤者
積成江海　上爲雨露
桓寬鹽鐵論曰水積而
成江海行積而成君子
文子曰水之道也大不可極深不
可測上天爲雨露下地爲潤澤
竊壤以堙　積灰而
止
山海經曰洪水滔天鯀竊帝之息壤以堙洪水又淮南子
曰往古之時四極廢九州裂水浩瀚而不息於是女媧積
蘆灰以
止滔水
親而不尊　狎而不翫
禮記曰水之於人也
親而不尊天尊而不
親左傳曰[illegible]子產謂子太叔也唯有德者能以寬服民其次莫
如猛夫火烈人望而畏之故鮮死焉水懦弱民狎而翫之則多
死焉故
寬難
賦
東晉王彪之水賦
寂閑居以遠詠記上善
以寄言誠有无而大觀
鑒希微於清泉泉清恬以夷淡躰居有而用玄運无心以動寂
不凝滯於方圓湛幽邃以納汙泯虛柔以勝堅或浤浪於无外
或纖入於无間故能委輸而作四海決導
而流百川承液而生雲雨涌凝而爲甘泉
詩
梁孝元帝

登隄望水詩
駈馬河堤上非謂城隅遊懷山殊未已徒然
勞九愁旅泊依村樹江槎擁戍樓高岸翻成
浦曲港反通舟棗野良知歎瓠河
今可儔願假宣尼術泗水卻橫流
梁劉孝綽太子洑落
日望水詩
川平落日迥落照滿川張復在淪波地泒別引
沮漳耿耿流長脉熠熠動輕光寒鳥逐槎泛驚
鵜拂浪翔臨流目多美況此還故鄉榜人夜
理楫櫂女闇成裝欲待春江曙爭塗向洛陽
後梁沈君攸
賦得臨水詩
開筵臨桂水携手望桃源花落圓文出風急
細流翻光浮動岸影浪息累沙痕滄波自可
悅濯纓
何用論
陳釋慧標詠水詩
曾添踈勒井經涌貳師營
玉津花色亮銀溪錦磧明
舟如空裏汎人似鏡中行
持將符上善利得動高情
祖孫登詠水詩
驪泉紫闕映
珠浦碧沙沉
岸闊蓮香遠流清雲影深風潭如拂鏡
山溜似調琴請君看皎潔知有淡然心
又蓮調詩
長川落
照日深
浦漾清風弱柳垂江翠新蓮夾岸紅船行歸
汎迥月映似沉空願逐琴高戲乘魚入浪中
隋李巨仁賦

得方塘含白水詩（白水溢方塘淼淼素波揚疊浪揺島影漣漪寫鴈行長堤栟色翠夾岍荇花黃觀魚自有樂何必在濠梁）孔德紹王澤嶺遭洪水詩（地籟風聲急天津雲色愁悠然百川滿俄爾万頃浮還似金堤溢翻如碧海流驚濤遥起鷺迴岍不分牛徒知懷趙景終是倦陽侯大梗誠无託蘆灰豈暇求思得乗槎便蕭然河漢遊）張文琮詠水詩（標名資上善流派表靈長地圖羅四瀆天文載五潢方流含玉潤圓折動珠光獨有蒙園吏棲偃玩濠梁）

讚

晉郭璞釋水讚（川瀆綺錯渙瀾流帶潛潤傍通經營華外殊出同歸混之東會）戴逵水讚（水德淡中泉玄内鏡至柔好卑和協道性止鑒標貴上善興詠爰有幽人擁輪來映）庾肅之水讚（湛湛涵淥清瀾澄濬妙質柔明雲深液潤）

海第二

叙事

釋名云海晦也主引穢濁其水黑而晦博物志云天地四方皆海水相通地在其中蓋無幾也七戎六蠻九夷八狄形類不同摠而言之謂之四海言皆近於海也四海之外皆復有海云案東海之别有渤澥（出説文）故東海共稱渤海又通謂之滄海博物志云滄海之中有蓬萊方丈瀛洲三神山金銀爲宫闕僊人所集列子稱渤海之東有大壑名曰歸塘（莊子所云尾閭）其中有岱輿員嶠方壺瀛洲蓬萊五山十洲記曰東海之别又有溟海員海（十洲記曰扶桑在碧海之中有太帝宫太真東王所居有蓬萊山周

廻五千里山外有負海繞其山海水色正黑色山海經有
謂之溟海按莊子有北溟則四海皆稱溟也
岐海夘海少海山海經云甌閩皆在岐海中又云无皐之山南望夘海郭璞注云夘海少海也案
南海大海之別有漲海謝承後漢書曰交阯七郡貢獻皆從漲海出入又外国雜傳云
大秦西南漲海中可七八百里到珊瑚洲案西海大海之
洲底大盤石珊瑚生其上人以鐵網取之
東小水名海者則有蒲昌海蒲類海青海鹿渾
海潭彌海陽池海漢書曰蒲昌海一名鹽澤廣袤三百里其水渟冬夏不減皆以潛行地下
南出積石又郭義恭廣志云蒲類海在西域東北竇固擊伊吾
戰於蒲類海十三州記曰允吾縣西有卑禾羌海代謂之青海
後魏書曰太祖西征次鹿渾海郭義恭案北海大海之
廣志云羌中之西有潭弥海陽池海
別有瀚海瀚海之南小水名海者則有渤鞮海

伊連海私渠海漢書霍去病伐匈奴北至瀚海後漢竇憲伐匈奴至渤鞮海郭義恭廣志曰匈奴中
北有伊連海後漢梁諷說北單于單于喜即將人衆弃諷俱還到私渠海凡四海通謂之裨
海毗之反裨海外復有大瀛海環之鄒子曰所謂中国者天下八十
一分之一耳中国名曰赤縣内自有九州禹之九州是也不得
爲州数中国外如赤縣州者亦謂之九州有裨海環之如一區
中者乃爲一洲如此者九都有大瀛海曰百谷王海神
海環其外此謂八極而天下際焉
曰海若海一云朝夕池一云天池亦云大壑巨
壑出老子及風俗通海中山曰島海中洲曰嶼東方朔十洲記曰有
祖洲瀛洲玄洲炎洲長洲元洲鳳麟洲聚窟洲流洲生洲其生
洲瀛洲在東海炎洲在南海鳳麟洲聚窟洲皆在西海元洲玄
洲在北海已上凡十洲也

事對

委輸　朝宗木玄虛海賦曰於廓靈海長爲委輸尚書曰江

漢朝宗于海注云宗尊也有似於朝 **委水** **積流** 禮記曰三王之祭川也皆先河而後海或源也或委
也此之謂務本又曰洗之在阼其水在洗東祖天地之左海也
鄭玄注曰海水之所委也孫卿子曰不積跬步无以至千里不
積小流无以成江海 **叢桂** **扶桑** 王粲遊海賦曰若夫長洲別島旗布星峙桂蘭叢乎其上珊瑚周乎
其址東方朔十洲記曰扶桑在碧海中樹長數千
文一千餘圍兩榦同根更相依倚是以名扶桑 **地脉** **天**
池 閔令內傳曰天有五億五万五千五百五十里地亦如之各以四海為脉莊子曰窮髮之北有溟海者天池也 **通**
天 **動地** 張華博物志曰舊說天河與海相通近有人居海渚者年年八月有浮槎來甚大往反不失期此人
乃立於槎上多賫粮乘槎去忽不覺晝夜奄至一處有城郭舍
屋望室中多見織婦見一丈夫牽牛渚次飲之驚問此人何由
至此此人即問此為何處答曰君可詣蜀問嚴君平此人還問
君平君平曰某年日有客星犯牛斗即此人到天河也莊子曰
海水三歲一周流相薄即為之地動 **滄嶼** **碧津** 沈懷遠南越志曰海安縣南有小水南注乎海極目

滄渺望溟波十洲記曰處玄風於西北坐王母於神鄉昆吾
錯於流澤扶桑鎮於碧津離合水精而光獸於炎野坎摠衆陰
是以仙都宅於海島 **金宮** **玉闕** 金宮事見叙事崔琰遂初賦曰蓬萊蔚其潛興瀛壺森以駢羅列金
臺之巉嵯方玉闕之嵯峨 **鯷壑** **鵬溟** 漢書曰會稽海外有東鯷壑分為二十餘国以歲時來獻見左
思齊都賦曰其東則有滄溟巨壑洪浩汗漫莊子曰北溟有魚
其名曰鯤化為鳥其名曰鵬將徙於南溟擊水三千里謝莊赤
鸚鵡賦禎流■域祥發鵬溟 **窮髮** **聶耳** 窮髮見天池下山海經曰聶耳国在无腸国東兩手聶其
耳懸居■水中 **無為** **善下** 文子曰古之善為君者法海以象其大注下以成其廣老子曰江海所以
能為百谷王者以其善下之故 **負石** **乘桴** 漢書曰鄒陽上書申屠狄蹈雍之河徐衍負石入海不容
於世義不苟取應劭風俗通曰姜肱字伯維靈帝戢祚徵肱為
太守肱告人曰吾以虛獲實蘊藉聲價盛明之際尚不委質今
政在私門夫何為哉遂乘桴浮
於海莫知其極時人以為非凡 **蜃樓** **鮫室** 漢書曰海傍有蜃氣為樓

臺木玄虛海賦曰天深水怪鮫人之室 **蓬嶼　桑田** 季顒淩仙賦曰瞻蓬萊之秀峭異東叓之可尋

將乍至而反墜患巨浪之相臨葛洪神仙傳曰麻姑謂王方平曰自接待以来見東海三為桑田向到蓬萊水乃淺於往者略

半也豈復將爲陵陸乎方平乃曰東海行復揚塵耳 **秦橋　漢柱** 三齊記曰青城山秦始皇登此山築

城造石橋入海三十里張勃吳録曰象林海中有小洲生柔金自北南行三十里有西屬国人自称漢子孫有銅柱云漢之壃

場之表 **水伯　波臣** 山海經曰朝陽之谷神曰天吳是爲水伯其爲獸也十八尾八首人面八足也

木玄虛海賦曰天吳乍見而髣髴莊子曰周顧視車轍有鮒魚焉曰我東海之波臣也君豈有斗升之水活我哉 **黃

金闕　紫石室** 史記曰燕王使人至蓬萊方丈瀛洲此三神山在海中去人不遠有至者望之

如雲及到三山反在水下有仙人不死藥焉黃金白銀爲宮闕東方朔十洲記曰滄海島中有紫石宮室九老仙都 **不

死草　反魂樹** 東方朔十洲記曰祖洲在東海中地方五百里上有不死艸生瓊田中艸似菰

苗長三尺許人已死者以艸覆之皆活又曰聚窟洲在西海中有大樹弁楓木相似林芳花香聞數百里其名爲反魂樹 **傾

瀉百川　迴洑萬里** 劉楨魯都賦曰巨海分焉傾瀉百川左思吳都賦曰百川泒別

歸海而會潮波汨起迴洑万里 **賦** **後漢王粲遊海賦** 含精純之至道將輕舉而高厲

遊余心以廣觀兮且彷徉乎西裔乘蘭桂之輕舟浮大江而遥逝翼驚風以長驅集會稽而一眂登陰隅以東望兮覽滄海之

躰勢吐星出日天弁水際其深不測其廣无臬尋之冥地不見涯洩章亥所不極盧敖所不届洪洪洋洋誠不可度也處嵎夷

之正位兮同色號於穹蒼苞納汙之弘量正宗廟之紀綱揔衆流而臣下爲百谷之君王 **晉木玄虛海

賦** 昔在帝嬀巨唐之世天綱浡潏爲凋爲瘵洪濤瀾汗万里无際江河既導万穴俱流倚居豈切掞五岳竭涸九州其

爲廣也其爲怪也則乃浟湙瀲灩浮天無岸波如連山乍合乍散噓吸百川洗滌淮漢若乃霾曀潛消莫振莫竦輕塵不飛纖

羅不動猶尚呀呷餘波溢涌若乃偏荒速告王命急宣飛迅鼓檝汎海凌川於是候勁風揭百尺維長綃掛帆席望濤遠■

然鳥逝[redacted]越三千不終朝而濟所[redacted]

梁簡文帝海賦 昔禹啓龍門羣山既鑿高明澄氣而清浮厚載勢廣而盤礴坎德洊臻水源深博灌注百川控清引濁始乎濫觴委輸夫壑測之渺而无際望之杳而綿漠藹沸寘茫往來日月朏魄昏微乍明乍没若夫長風鼓怒涌浪砰磕颺波於万里之間漂沫於扶桑之外

詩

唐太宗春日望海詩 披襟眺滄海憑軾翫春芳積流橫地紀疏派引天潢仙氣凝三嶺和風扇八荒拂潮雲布色穿浪日舒光照岸花分彩迷雲鴈斷行懷卑運深廣持滿守靈長有形非易測无源詎可量洪濤經变野翠島屢成桑之罘思漢帝碣石想秦皇霓裳非本意端拱是圖王

宋謝靈運遊赤石進帆海詩 首夏猶清和芳艸亦未歇水宿淹晨暮陰霞屢興没周覽倦瀛壖況乃凌窮髮川后時安流天吳静不發揚帆採石華挂席拾明月溟漲无端倪虛舟有超越仲連輕齊組子牟眷魏闕矜名道不足適已物可忽請附任公言終然謝天伐

北齊祖孝徵望海詩 登高臨巨壑不知千万里雲島相接連風潮无極已時看遠鴻度但見驚鷗起不假送将歸自然傷客子

隋煬帝望海詩 碧海雖欣矚金臺空有聞遠水翻如岸遥山倒似雲斷濤還共合連浪或時分馴鷗舊可狎卉木足爲群方知小姑射誰復語臨汾

又季秋觀海詩 孟軻敘遊聖枚乘說瘉疾遂聽乃前聞臨深驗玆日浮天迥无岸含靈固非一委輸百谷歸朝宗万川溢分城碧霧晴連洲彩雲密欣同夫子觀深愧玄虛筆

隋虞茂奉和望海詩 清蹕臨溟漲巨海望滔滔十洲雲霧遠三山波浪高長瀾疑浴日運島類奔濤神遊藐姑射睿藻冠風騷徒然雖御海何以効消毫

楊師道奉和春日望海詩 春山臨渤海征旅輟晨裝迴瞰盧龍塞斜瞻肅慎鄉洪波迴地軸孤嶼映雲光落日驚濤上浮天駭浪長仙臺隱螭駕水府泛黿梁碣石朝煙滅之罘歸鴈翔北巡非漢后東幸異秦皇搴旗羽林客拔距少年場電擊駈遼水鵬飛出[redacted]方將舉青丘繳安訪白霓裳

讚

宋謝惠連四海讚 九夷六蠻八狄七戎彤鏤異貢裳羸殊風致之以德車軌斯同

安桂坡舘

河第三 叙事

說文云河者下也隨地下流而通也援神契曰河者水之伯上應天漢穆天子傳曰河與江淮濟三水爲四瀆河曰河宗四瀆之所宗也案水經注及山海經注河源出崑崙之墟山海經曰崑崙山縱廣万里高万一千里去嵩山五万里有青河白河赤河黒河環其墟其白水出其東北陬屈向東南流爲中国河河百里一小曲千里一大曲發源及入中国大率常然東流潛行地下至規期山北流分爲两源一出葱嶺一出于闐其河復合東注蒲昌海復潛行地下南出積石山西南流又東廻入塞過燉煌酒泉張掖郡南與洮河合過安定北地郡北流過朔方郡西又南流過五原郡南又東流過雲中西河郡東又南流過上都河東郡西而出龍門汾水從東於此入河河東即龍門所在呂氏春秋曰龍門未開河出孟門東大溢是謂洪水禹鑿龍門始南流至華陰潼關與渭水合又東廻過砥柱砥柱山名河水分流包山而過山見水中若柱然今陝州東河北陝縣三縣界及洛陽孟津所在也至鞏縣與洛水合成臯與濟水合濟水出河北至王屋山而南截河渡正對成臯又東北流過武德與沁水合至黎陽信都信都今冀州絳水所在絳水亦曰濆水一曰漳水也鉅鹿之北遂分爲九河鉅鹿今邢州大陸所在大陸澤名九河一曰徒駭二太史三馬頰四覆釡五胡蘇六簡七潔八

鈎盤九鬲津又合爲一河而入海齊桓公塞九河以廣田居故館陶貝丘廣川信都東光河間以東城池九河舊跡有存漢代河決金堤南北多罹其害議者常欲求九河故迹而穿之未知其所是以班固云自兹距漢已亡其八枝也河之故瀆自沙丘堰南分屯氏河出焉故尚書稱導河積石至于龍門今絳州龍門縣界南至于華陰北至于砥柱東至于孟津在洛北都道所湊古今以爲津東過洛汭至于大伾洛汭今鞏縣在河洛合流之所也大伾山今汜水縣即故成皐也山再成曰伾北過絳水至于大陸其絳水今冀州信都大陸澤名今邢州鉅鹿又北播爲九河同爲逆河入于海是也同合也九河又合爲一名爲逆河逆迎也言海口有朝夕潮以迎河水初禹自黎陽東北界分河爲二渠以引水一南出會隰川今河所流也今河滑州以東是舊隰水一出貝丘即九河之上河王莽時廢塞故俗謂之王莽河史記河渠溝洫志並云河之爲災害中國尤甚禹導河自積石歷龍門又釃二渠以引河如淳注二渠一出貝丘一則隰川王莽時河遂塞但用隰耳隋煬帝於衛縣今衛州衛縣因淇水之入河淇水亦曰清水立淇門以通河東北行得禹九河之故道隋人謂之御河

【事對】

出崑崙 導積石並見敘事中

包砥柱 冒石門包砥柱見敘事山海經曰積石之山其下有石門河水冒以西南郭璞注曰冒猶覆也

魚折溜 龍蹙水河圖曰黃帝云余夢見兩龍挺白圖即帝以授余於河之都天老曰天其授帝圖乎試齋以往視之黃帝乃齋河洛之間求象見者至於翠嬀泉大盧魚折溜而至乃問天老子見中河折溜

者乎見之與天老跪而授之魚汎白圖蘭菜朱文以授黃帝舒視之名曰錄圖春秋運斗樞曰舜即爲天子五年二月東巡狩至于中州與三公諸侯臨觀黃龍五采負圖出置舜前躉入水而前去躉之逝反宋均云躉去也

沉白馬　祭玄貉 史記漢武帝元光中河決於瓠子是時天子巳用事万里沙漠還師臨決河沉白馬璧於河穆天子傳曰西征獵于滲澤獲白狐玄貉以祭河宗

入葱山　淪蒲海 並見前敘事中

鱗屋龍堂　泉室水府 楚辭曰魚鱗屋兮龍堂紫貝闕兮朱宮王逸注貝作闕泉室水府具下鮑昭河清頌

九折　兩源 淮南子曰河水九折注海而流不絕者有崑崙之輸也漢書曰河有兩源一出葱嶺一出于闐在南山下其河北流與葱嶺河合東注蒲昌海

龍宮　貝闕 漢書武帝元光二年春河水從頓丘南流入渤海其五月河決濮陽汎十六郡發卒十万救決河起龍泉宮貝闕事見上

捧土　轉石 朱浮與彭寵書曰柰何以區區漁陽而結怨于天子此猶河濱之人捧土塞孟津多見其不知量也謝承

後漢書曰安帝時尚書陳龜上表曰仁恩廣被化流殊方使老者以壽終孤幼得保年猶臨河轉石易於反掌

汎栢　航葦 毛詩曰汎彼栢舟在彼中河又曰誰謂河廣一葦航之

玉櫝　金繩 河圖考靈曜曰趙王政以白璧沉河有黑公從河出謂政曰祖龍來天寶開中有尺二玉櫝河圖曰舜以大尉即位與三公臨河觀黃龍五采負圖出置舜前以黃玉爲柙白玉爲檢黃金爲繩紫芝爲泥章曰天黃符璽

馬圖　龜識 禮記曰聖王之所以爲順山者不使居川不使渚者居中原用水火金木飲食必時合男女須爵位必當年德是以天降膏露地出醴泉山出器車河出馬圖鄭玄注馬圖龍馬負圖而出孫柔瑞應圖曰玉龜者師曠時出河東之崖爲聖圖出河負錄讖書

三門　九曲 酈元注水經曰砥柱山禹鑿之以通河河水分流包山而過山見水中若柱然故曰砥柱又在虢之西界望之若柱故曰砥柱三川既決水流跡分指狀表目亦謂之三門成公綏大河賦曰乘高赴下絕沒長奔馳會五戶[illegible]三門河圖曰黃河出崑崙山東北角剛山東以北流千里折西而行至於南山南流千里至於華山之陰東流千里

至於植雍北流千里至於下津河水九曲長者入于渤海

紺蓋　白璧 衛弘漢舊儀曰祭四瀆者江河淮濟用三正牲圭沉有車馬紺蓋白璧見上玉牘注

悲申屠　尋方叔 韓詩外傳曰申屠狄言非其時將投于河崔嘉聞而止之曰聖人仁人之父母也今以濡足之故不救溺人可乎申屠狄曰昔桀殺龍逄比干而亡天下吳殺子胥陳殺洩冶而滅其国非无聖知不用故也遂負石而沉於河楚辭曰望大河之洲渚悲申屠之抗迹論語曰鼓方叔入于河成公綏大河賦曰善尼父之不濟尋方叔之遠迹懿吳起之讜言大汎舟之興役

三日變　千年清 易乾鑿度曰天降嘉應河水先清三日清变爲白白变爲赤赤变爲玄玄变爲黄各三日王子年拾遺記曰卅丘千年一燒黄河千年一清皆至聖之君以爲大瑞又黄河清而聖人生

榮光　休氣 尚書中侯曰榮光出河休氣四塞休美也榮光五色

賦

後漢應瑒靈河賦 咨靈川之遐源兮于崑崙之神丘凌增城之陰隅兮賴后土之潛流行積石之重險兮披山麓之溢浮蹶龍黄而南邁兮紆鴻躰而因流涉津洛之阪泉兮播九道乎中州汾頎涌而騰鶩兮恒亹亹而徂征肇乘高節迅逝兮陽侯怖而振驚

晉成公綏大河賦 覽百川之弘壯兮莫尚美於黄河潛崑崙之峻極兮出積石之嵯峨登龍門西南遊兮拂華陰与曲阿凌砥柱而激湍兮踰洛汭而揚波躰委蛇於后土兮配靈漢於穹蒼貫中夏之畿甸兮經朔狄之遐荒歷二周之北境兮流三晉之南鄉秦自西而啓壤兮齊據東而畫壃般徒涉而求固衛遷濟而遂強趙決流而却魏嬴引溝而滅梁思先哲之攸歎何水德之難量

詩

隋蕭慤奉和濟黄河應教詩 大蕃連帝室驂駕奉皇猷未明駈羽騎凌晨方晝舟津城度維錦岸柳夾緹油鐘聲颺别島旗影照蒼流早光生劒服朝風起節樓滔滔細波動裔裔輕艋浮迴橈避近磧放舳下前洲全疑上天漢不異謁蓬丘望知雲氣合聽識水聲秋從君何等樂喜從神仙遊

隋江揔渡黄河詩 葱山淪外域鹽澤隱遐方兩源分際遠九道泒流長未殫所聞見无待驗詞章留連嗟太史惆悵踐黎陽導波縈地[redacted]疏氣耿天潢惆周沉用寶嘉晉肇爲梁

隋薛道衡渡北

河詩 連旌映淑浦疊鼓沸沙洲桃花長新浪竹箭下奔流塞雲臨連艦胡風入陣樓劒拔蛟將出驂驚黿欲浮鴈書終立効鸞相果封侯勿恨関河遠且寛邊地愁

劉孝孫早發成皐望河詩 清晨發巖邑駈馬走轘轅迴瞰黃河上惝怳屢飛魂鴻流導積石驚浪下龍門仙槎不辨處沉璧想猶存遠近洲渚出颯沓梟鴈喧懷古空延佇歎逝將何言

梁劉孝威公莫渡河詩 請公勿渡河河廣風威厲檣偃落金烏舟傾没犀柚紼盖空嚴祀白馬徒生祭銜石傷寡心崩城掩霜袂劒飛猶共水璧沉魂俱逝君爲川后臣妾作江妃娣

陳張正見公無渡河詩 金堤分錦纜白馬渡蓮舟風嚴歌響絶浪涌榜人愁櫂折桃花水驪橫竹箭流何言沉璧處千載偶陽侯

讚 東晉郭璞爾雅圖讚 崑崙三層號曰天柱實惟河源水之靈府

頌 宋鮑昭河清頌 汚彼四瀆湄此雙川伏靈遠紀閟既延年澄源崑岳鏡流葱山泉室凝澱水府清涓

宋張暢河清頌 渾渾洪河家國之濱襟帶晋衛領袖齊秦

龍門誕溜積石傳津乘運能有經啓天人化流上帝時表初星飛書曝瑞龍圖照神協靈既偉通氣載榮

文 後魏孝文帝祭河文 維大和十九年皇帝告于河瀆之靈坤元涌溢黃瀆作珍浩浩洪流實禆陰淪通源導物含介藏鱗啓潤万品承育蒼旻惟聖作則惟禹克導浮檝飛帆洞厥百川朕承寶曆克纂乾文騰蔦准方旋鷁河瀆龍舲御瀆鳳旆乘雲汎汎棹舟翾翾沂津宴我皇遊光余夷濵肇開水利漕典載新千艫桓桓万艘斌斌保我大儀惟爾作神

顏師古四大河祝文 維神上通雲漢光啓圖書分導九枝傍潤千里素秋式序用率典常

牋 宋荀倫與河伯牋 伏惟河伯府君君侯潛曜靈泉翱翔神渚發洪流於崑崙揚高波於砥柱包四瀆以稱王揔百川而爲主

江第四

叙事 釋名云江公也諸水流入其中所公共也風俗通云江貢也所出珍物可獻貢也周

官揚州其川三江案三江漢書地理志注岷江
爲大江至九江爲中江至徐陵爲北江蓋一源
而三目鄭玄孔安国注云左合漢爲北江會彭蠡爲南江岷江居其中則爲中江故書𢱢東爲中江者明岷江至
彭蠡𢍰南北合始得称中也又山海經三江者大江中江北江也汶山郡有岷山大江所出峽山中江所出東注大江岷山北
江所出東注大江其源皆在蜀也又韋昭說岷江松江浙江亦悉在吳也又沈懷遠南越志曰廣信江始安江蔚林江亦爲三
江在越也案水經及荊州記云江出岷山其源若甕
口可以濫觴在益州建寧滿江縣潛行地底數
里至楚都遂廣十里名爲南江初在犍爲與青
衣水汶水合至洛縣與洛水合東北至巴郡與

涪水漢水白水合東至長沙與澧水沅水湘水
合至江夏與沔水合至潯陽分爲九道潯陽記說九江一曰
白烏江二蜯江三烏土江四嘉靡江五畎江六浮江七稟江八提江九菌江東會于彭澤經
蕪湖名爲中江東北至南徐州名爲北江而入
海也按南徐州今潤州尚書稱岷山導江東別爲沱江別
爲沱水又東至于澧澧水名在荊州過九江至于東陵東陵地名
東迆以氏反北會于匯胡罪反匯澤即彭蠡也東爲中江入于
海是也凡長江之別有郫江任豫益州記曰郫江大江之支也亦曰涪江亦
曰湔水在蜀與洛水合郫音丕汶江益州記曰汶江源出王輪阪下墊江崔鴻西京記曰吐谷渾觀墊江

源問魯和曰此水經仇池而過晉壽山沱渠始號墊江至巴郡入大江墊音疊 **弱柳江** 緑江記曰西江別支爲弱柳江 **浙江** 說文云江別流爲氾至會稽山陰爲浙江又顧野王云浙江發源東陽新安之間不與岷山之江相涉至錢塘入于海 **松江** 劉澄之揚州記吳縣有松江自吳入海今蘇州 **凡長江有別名則有京江** 在南徐州禹貢所謂北江也今潤州丹徒縣也 **瓜步江** 今揚州六合縣界西南對潤州江寧縣即魏文帝及後魏太武帝所臨處 **烏江** 即項羽死處今和州烏江縣也 **曲江** 枚乘七發曰觀于廣陵之曲江曲江今揚州也又始興郡有曲江今韶州是也又漢司馬相如弔秦二世賦曰臨曲江之隑洲此即長安也以其水曲折甚類廣陵之江今樂遊園 **凡江帶郡縣因以爲名則有丹徒江錢塘江會稽江山陰江上虞江廣陵江鬱林江廣信江始安江牂牁江成都江**

導江 絕漢 尚書曰岷山導江東別爲沱淮南子曰江出岷山東流絕漢入海 **荊池 楚望** 淮南子曰昔荊楚之地汝穎以爲洫江漢以爲池左傳曰湯漢沮漳楚之望也 **四瀆 六川** 史記曰殷湯作江誥曰古禹皐陶久勞于外民乃安東爲江北爲河南爲淮西爲濟四瀆已脩万民乃居呂氏春秋曰何謂六川河水赤水遼水黑水江水淮水此六川也 **吐貝 納龜** 春秋運斗樞曰瑤光得則江吐大貝尚書曰九江納錫大龜 **濫觴 縈帶** 家語曰江水始出岷山其源可以濫觴及其至于江津乃方舟避風不可以涉袁山松宜都記曰對西陵南岸有山其峯孤秀人自山南上至頂俯臨大江如縈帶視舟舡如鳧鴈 **萍實 菱華** 家語曰楚昭王渡江江有物大如斗圓而赤直觸王舟舟人取之王大怪使之魯問孔子孔子曰此萍實也可剖而食之吉祥惟霸者能獲之使反王遂食之甚美傳玄歌曰有女殊代生涉江採菱華上翳青雲景下鑒淥水波 **鸚洲 鵲岸** 酈元注水經曰江水至江夏沙羨縣西北又東經數父山江右岸當鸚鵡洲左傳曰昭公十六年冬

楚子伐吳吳人敗之於鵲岸西京記
曰今居巢江南水有鵲尾渚者是也 **祭胥** **弔屈** 董覽吳地記曰
人差立子胥以忠謇見亡遂賜死浮尸於江夫差悔焉弁群臣
於江設祭置壇国人因為立廟漢揚雄弔屈原文過湘沅而王
不容自投江而死作書往往摭離騷文
而反之自岷山投諸江流以弔屈原 **捐玦** **喪珮** 楚辭曰捐
余玦兮江中遺余珮兮澧浦劉向列仙傳曰江妃二女遊江濱
見鄭交甫遂解珮弁之交甫受珮而去数十步懷中无珮女亦
不見郭璞江賦曰感交甫之
喪珮悲神使之纓羅是也 **沉書** **投局** 蕭方等三十国春秋曰光祿殷
羨之還豫章貴遊多憑其書羨之至板橋投書於江曰沉者自
沉浮者自浮殷洪喬不能作致書郵臧榮緒晉書曰陶侃語人
曰大禹聖人乃惜寸陰至於衆人當惜分陰參佐
或以戲廢事者乃取其蒱博碁局之具悉投于江 **笑吳主**
歎魏帝 環濟吳紀曰孫權詔曰呂岱諸葛恪道步騭說北
人欲以布囊盛土塞江每讀此表令人連日失笑
此江自天地以來寧有可塞者乎虞溥江表傳曰魏文帝出廣
陵欲伐吳望大江而歎曰吳據洪流且多糧穀雖武騎千隊无

所用也乃還 **使君灘** **中郎浦** 酈元注水經曰江水東流魚復縣南又經羊腸虎臂
灘楊亮為益州至此而覆再懲其波瀾蜀人至今猶名之為使
君灘又曰江水又東至華容縣西左迤為中夏水右則中郎浦
出焉 **發黃岑** **激赤岸** 盛弘之荊州記曰始安郡有東北二江北江發源於桂陽之臨
武黃岑山東江發源於南康太庾嶠下經始興縣界南流西轉
而北江合於郡東注于南海山謙之南徐州記曰京江禹貢北
江也闊漫三十里通望大壑常以春秋朔望輒有大
濤聲勢駭狀極為奇觀濤至江北激赤岸尤更迅猛 **黃金浦**
紫貝闕 酈元注水經曰江水東至長沙下攜縣又東之右岸有城陵山山有故城東接微落山江之南
畔名黃金瀨瀨東有黃金浦楚辭曰芙蓉蓋而菱華車紫貝
闕而白玉■逸注曰紫貝水虫也援神契曰洪水出大貝 **不**
惡小谷 **不逆衆流** 墨子曰江河不惡小谷之滿已也故能大是故江河之水非一
源之流老子曰江海所以能為百谷王者
以其无不受之苟有所逆衆流不至者多矣

賦 **東晉郭璞**

江賦 咨五材之並用是水德之靈長惟岷山之導江初發源於濫觴聿經始於洛沫攏万川乎巴梁衝巫峽而迅激躋江津以起漲極泓量而海運狀滔天以淼茫總括漢泗兼包淮湘并吞沅澧汲引沮漳源二分於崌崍流九派乎潯陽鼓洪濤於赤岸淪餘波於柴桑綱絡群流商搉涓澮表神委於江都混流宗而東會注五湖以漫漭灌三江而漰沛滈汗六州之域經營炎景之外所以作限於華裔壯天地之嶮界呼吸万里吐納靈潮自然往復或夕或朝激逸勢以前駈乃鼓怒而作濤

南齊謝朓楚江賦 爰自山南薄暮江潭滔滔積水裊裊霜嵐憂弁憂兮竟无際客之行兮歲巳嚴爾乃雲沉西岫風蕩中川馳波鬱素駭浪浮天明砂宿莽石路相懸於是霧隱行鴈霜眇虛林迢迢落景万里生陰列攢笳兮極浦弭蘭鷁兮江潯願希光兮秋月承末照於遺簪

詩

周庾信奉和泛江詩 春江下白帝畫舸向黃牛錦纜迴沙磧蘭橈避荻洲濕花隨水汎空巢逐樹■建平舡柹下荆門戰艦浮岸社多羣樹山城是迥樓日落江風靜龍吟回上游

隋煬帝夏日臨江詩 夏潭蔭修竹高岸坐長楓日落滄江靜雲散遠山空鷺飛林外白蓮開水上紅逍遙有餘興悵望情不終

隋薛道衡入郴江詩 仗節遵嚴會揚舲泝急流征塗非白馬水勢類黃牛跳波鳴石磧濺沫擁沙洲岸迴槎倒轉灘長舡却浮緣涯頻斷挽挂壁屢移鉤還憶青絲騎東方來上頭

隋柳顧言奉和晚日楊子江應教詩 大江都會所長洲有舊名西流控岷蜀東汎瀰蓬瀛未覩纖羅動先聽遠濤聲空濛雲色晦泱漭浪華生欲知暮雨歇當觀飛旆輕

蘇味道九江口南濟北接蘄春南與潯陽岸詩 江路一悠哉滔滔九派來遠潭昏似霧前浦沸成雷鱗介多潛育漁商幾泝洄風搖蜀柹下日照楚萍開近嗽湓城曲斜吹蠡澤隈錫龜猶入貢浮■罷爲災津吏揮橈疾郵僮整傳催歸心詎可問爲視落潮迴

祭

文

隋薛道衡祭江文 維開皇元年行軍元帥晋王謹以太牢之奠敬祭南瀆大江之神仰惟靈性包平智德擅靈長上膺東井下紀南国引雙流而分九派長四瀆而納百川自晋永嘉乾靈落綱蕞爾吳越僭偽

相承陳賊叔寶世濟其凶士庶為其塗炭人神所以怨憤忝司九伐清彼一方分命將士乘流南渡仰憑靈祐咸蒙利涉今申命蒼兕躬揔精銳直趍金陵行登石首庶蛟螭竄於洲渚帷蓋靜於波濤江表克平海內清泰謹申禮薦惟神尚享

淮第五

敘事

釋名云淮圍也圍繞揚州北界東至海也周官青州其川淮泗案水經注及山海經云淮水出南陽平氏縣桐栢山其源初則涌出復潛流三十里然後長騖東北經大復山從義陽郡北東過江夏平春縣北又東過新息縣南期思縣北至厚鹿縣南與汝水合又東過廬江安豐縣與決水合東北至九江壽春縣東與潁水合壽春縣北與淝水合又東至當塗縣北與渦水合東北至下邳淮陰縣與泗水合東至廣陵淮浦縣而入海也近海數百里通朝夕潮尚書稱導淮自桐栢東會于泗沂入于海是也孫盛晉陽秋曰秦始皇東遊望氣者云五百年後金陵有天子氣於是始皇於方山掘流西入江亦曰淮今在潤州江寧縣土俗亦號曰秦淮

事對

二山　三洲酈元注水經曰平阿縣有當塗山淮出于荆山之左當塗之右奔二山之間而揚濤北注也毛詩曰鼓鐘伐鼛淮有三洲毛注三洲淮上也

奧府　都市焦貢易林曰江河淮海天之奧府衆利所聚可以饒有焦貢易林変占曰江河淮海天之都市商人受福国家富有

注江　入海孟子曰禹排淮泗而注諸江山海經曰淮水出餘山餘山在朝陽東義鄉西入海郭璞注曰今淮水出義陽平

氏縣桐栢山東北經汝南淮南譙国沛国下邳經淮陰縣入海也

禹乂　晉竭　尚書禹貢曰淮沂其乂孔安国注曰二水已治臧榮緒晉書曰永嘉三月淮濮水竭

化橘　變禽　周禮曰橘踰淮而北化為枳此地氣然也郭璞遊仙詩曰六龍安可頓運流有代謝淮海变微禽吾生獨不化

溉鮒　化雉　劉向說苑曰莊周貧往貸於魏文侯文侯曰待吾邑粟之來而獻之周曰乃今者周之來見道牛蹄中有鮒魚焉太息謂周曰我尚可活也周曰須我為汝向南詰楚王決江淮以溉汝鮒魚曰今命在瓮甕之中耳乃為我見楚王決江淮以溉我汝即求我於枯魚之肆矣国語曰趙簡子歎曰雀入于淮為蜃黿鼉莫不能化唯人不能哀夫李顒感冬篇曰蜿虹潛太陰文雉化淮汜

韓釣　王浮　注水經曰淮水東經淮陰縣漢高祖封韓信為侯国昔韓信去下鄉而釣於此處也王浮見下王粲賦

會泗沂　經譙沛　會泗沂見叙事經譙沛見上入海注

潛周鼎　沉魏璧　楚辞曰潛周鼎於江淮兮釁王龞於中宇王逸注曰言藏九鼎於江淮之中魚豢魏略曰文帝黃初六年帝以舟軍入淮遣使者沉璧于淮汜

蠙珠　玉璽　尚書曰禹貢云泗濱浮磬淮夷蠙珠暨魚孔安国注曰淮夷二水出蠙珠及美魚臧榮緒晉書曰安帝義熙十二年左衛兵陳陽於東府前淮水中得玉璽一枚此金陵秦淮非四瀆淮也以淮事少故假此成對

賦

後漢王粲浮淮賦　從王師以南征兮浮淮水而遐逝背渦浦之曲流兮望馬丘之高澨泛洪櫓于中潮兮飛輕舟乎濱濟建衆檣以成林兮譬无山之樹藝於是迅風興濤鉦鼓若雷旌麾翳日飛雲天迴若鷹鸇飄逸遞相競軼凌驚波以高鶩馳駭浪而赴質加舟徒之巧極美榜人之閑疾白日未移前驅已届群師按部左右就隊軸轤千里名卒億計運茲威以赫怒清海隅之蔕芥濟元勳於一舉垂休績於來裔

魏文帝浮淮賦　建安十四年王師自譙東征大興水運泛舟万艘時余從行始入淮口行泊東山覩師徒觀旌帆赫哉盛矣雖孝武盛唐之狩舳艫千里殆不過也乃作斯賦云泝淮水而南邁兮泛洪濤之湟波仰崑岡之崇阻兮經東山之曲阿浮飛舟之万艘兮建干將之銛戈揚雲旗之繽紛兮聆榜人之讙譁乃撞金鐘爰伐雷鼓白旄冲天黃鉞扈

虎武將奮發驍騎赫怒

隋杜臺卿淮賦序 古人登高有作臨水必觀焉吟詠比賦可得而言矣詩周南云漢之廣矣不可泳思江之永矣不可方思邶風云涇以渭濁湜湜其沚衛風云河水洋洋北流活活小雅云滔滔江漢南国之紀大雅云豊水東注惟禹之績周頌云猗與漆沮潛有多魚有鱣有鮪鰷鱨鰋鯉魯頌云思樂泮水薄采其芹此皆本賦濫觴之源也後漢班彪有覽海賦魏文帝有滄海賦王粲有游海賦晉成公綏有大海賦潘岳有滄海賦木玄虛孫綽並有海賦楊泉有五湖賦郭璞有江賦唯淮未有賦者魏文帝雖有浮淮賦止陳將卒赫怒至於兼包化産略无所載齊天統初以教府詞曹出除廣州長史經淮陽赴鎮頻經利涉壯其淮沸浩蕩且注巨海南通曲江水怪神物于何不有遂撰聞見追而賦之曰美大川之為德諒在物而非假決出元氏之鄉濫流桐栢之下始經營於赤位終散■於炎野

〔詩〕

隋煬帝早渡淮詩 平淮既淼淼曉霧復霏霏淮甸未分色泱莽共晨暉清霞轉孤嶼錦帆出長圻潮魚時躍浪沙禽鳴欲飛會待高秋晚愁因逝水歸

隋諸葛頴奉和出頴至淮應令詩 涉頴倦紆迴浮淮欣迥直遙村含水氣遠浦澄天色靈濤稍欲近仙嵩行可識玄覽屬睿辭風雲有餘力

蔡允恭奉和出頴至淮應令詩 夊倦川涂曲忽此望淮沂波浪泛淼淼晩迴情依依稍覺金烏轉漸見錦颿稀欲知仁化洽謳歌滿路歸

弘執恭奉和出頴至淮應令詩 睿情欣逸賞臨泛入淮淝棹聲喧岍席颿影出雲飛清流含日彩華浪蕩霞暉還如漳水曲鳴笳啓路歸

又虞世南奉和出頴至淮應令詩 良晨喜利涉解纜入淮潯寒流泛鷁首霜吹響哀吟潛鱗波裏躍水鳥浪前沉邪滿非復遠悵望悦神襟

〔吟〕

徐彥伯淮亭吟 貞寂慮兮淮山幽怜芳若兮弩牛洲萠湍委咽日夜流孤客危坐心自愁矧鶴唳兮風曉復猿鳴兮霜秋熠燿飛兮蟋蟀吟倚晴瑟兮横涼琴擲瑤芳兮弔楚水弄琪樹兮歌越岑山碕礒兮隈曲■水涓漣兮■洄汨金光延起兮驟興沒青苔竟兮綠蘋歇綠蘋歇兮凋朱顔孅人寂歷兮何時閑君不見可怜桐栢上手葺桂樹花滿山

〔祭文〕

隋薛道衡

祭淮文

元創晉王謹以清滌制幣大牢之奠敬祭于東瀆大淮之靈盖聖德應期神功宰物上齊七政下括四海自晉人喪道彝倫攸斁天隔內外地毀東南三吳成危亂之邦百越為逋逃之藪皇帝肇開鼎業光有神器圖出龜龍鏡懸金玉憂勞庶績无忘寤寐言念蒼生情深矜養河源海外莫不來庭跙頓呼韓歲時拜謁偽陳蕞爾尚阻聲教妖賊叔寶僭竊遺緒毒流江左寃結人神上軫皇情義申弔伐猥蒙朝寄撫寧淮甸仰惟導源桐栢長邁蓬萊標四瀆而引百川擅五林而含七德庶憑流惡之靈克成陳暴之舉使水陸旌旗所向无前吳會君長束手歸服謹申薦禮惟神尚饗

濟第六

叙事

釋名云濟濟也言源出河北濟河而南也周官兖州其川河濟案水經注及山海經云濟水出河東垣縣王屋山初名沇水 風俗通云濟水出常山房子縣贊皇山此又別是一水耳應氏以為流入河南之濟者非也 東出溫縣西北

始名濟水 孔安国注尚書泉源為沇流去為濟在溫西北平地 又東南流當鞏縣之北而南入河與河並流過成皐 成皐今汜水縣晉書地道志曰濟自大伾入河與河水鬬大伾成皐古成皐兼包鞏縣之界 溢出為滎水東流過陽武及封丘縣北又東過寃朐縣南至定陶縣南又東北流與荷水會東至乘氏縣西分而為二其一東北流入鉅野澤過壽張西與汶水合又北過穀城縣西又東北過盧縣北經齊郡東萊郡而入海也尚書稱導沇水東流為濟入于河溢為滎東出於陶丘北 即荷水所在也 又東北會于

汶又東北入于海是也又水經注云初濟水至
乘氏縣西分流爲二其一東北流今所入海者
其一東南流東過昌邑縣北金鄉縣南至方輿
爲沛水過沛縣東北至下邳而入淮淮南子云
濟水宜麥周官云鸜鵒不踰濟 **事對** 導沇
濟河 並見叙事 重源 異岸 酈元注水經曰濟水重源出河内縣西北平地水有二源所發
因復謂之濟源合西源出原城西東流注城南東合北水郭緣生述征記曰河内温縣亦有濟入于黄河謂濟之源按二濟既
南北異岸而相遠亦踰千里也 吳溝 齊阻 趙曄吳越春秋曰吳王夫差興兵伐齊掘爲深溝通於商
魯之間北屬之濟戰国策曰張儀說秦王曰齊據河足以爲阻 闞水 截流 戴延之西征記曰濟水自

大伾入河并河水闞而東流尚書曰等沇水東流為濟入于河溢爲滎孔安国注曰濟水入河並流数千里而截河又並河数
里溢爲滎澤 德美 通和 劉向説苑曰四瀆江河淮濟何以視諸侯能蕩滌垢濁焉能通百川於海
焉能蕩出雲雨焉為德甚美故視諸侯也淮南子云淮濟水通和宜麥 馮征 袁沇 馮衍明志賦曰
流山岳而周覽徊碣石并洞庭浮江河而入海泝淮濟而上征袁宏北征賦曰於是背梁山截汶波沇清濟傍祝阿 齊
度量 蕩垢濁 風俗通曰濟齊也齊其度量蕩垢濁見上德美注 溢滎澤
注渤海 溢滎澤見叙事山海經曰濟水出共山南東丘絶鉅野澤注入于海 **詩** 蕭楚
才奉和展禮岱宗塗經濮濟詩 拂漢星旗轉分霄日羽明將追會阜跡更
勒岱宗銘林戈咽濟岸獣鼓震河庭葉箭凌寒矯烏弓望曉驚巳降汾水作仍深迎渭情 薛克搆奉和
展禮岱宗塗經濮濟詩 龍圖冠胥陸鳳駕指云亭非烟泛濟浦緑字啓河汀画裳晨應

月文戢曙分星四田巡揖禮三驅
道契經行欣奉万歲竊抃偶千齡【祭文】後魏文帝祭濟
文維太和十九年皇帝遣太常寺守散騎常侍景昭告于濟瀆之靈乾光資曜坤載播液惟瀆暢靈協輝陰辟庶象憑
和升降芳瀝蘊神包化比土宣績溫方涌瑞流源導濟引流通
滄實倂四躰作潤岱[redacted]含雲吐澧潤波湛湛川風瀰瀰瞻洪津
而懷德秉長波而欽智汎龍儀之郁穆璪玉
軒而浮被沉璋璧之明物奠牲潔以歸寄

洛水第七

【叙事】春秋說題辭云洛之為言繹也言
水繹繹光耀也魚豢典略云洛字或作雒初漢
火行忌水故洛去水而加佳魏為土行土水之
母水得土而流土得水而柔故去佳加水周官
豫州其川滎洛與伊瀍二水為三川秦於河南置三川郡案

水經云洛水出京兆上洛縣冢領山郡經上洛
弘農河南縣盧氏蠡城陽市宜陽洛陽合伊瀍
穀澗之水至鞏縣而入河也尚書稱導洛自熊
耳東北會于澗瀍又東會于伊又東北入于河
是也又周禮雍州其川洛汭此洛一名漆沮出馮翊此關輔之水非河南洛水又水經注云洛水出漳山東經洛縣
及新都与湔水合流此又在蜀土淮南子云洛水輕利宜禾述征
記云洛水底有礜石故上無冰洛之神曰宓妃
周靈王時穀洛二水鬭【事對】會澗按河會澗見叙事河圖曰洛水地理陰精之官帝王
明聖龜書出文天以与命地以授瑞按河合際居中護群王道和洽吐圖佐神逆名亂教摘亡弔存故聖人觀河洛也魚

躍 **鳳翔** 魚豢典略曰湯東觀洛沉璧黄魚雙躍出于壇曹植兩儀篇曰帝者化八極養万物和陰陽陰陽和鳳至河洛翔

鳳集 **龍見** 沈約宋書曰黄帝齋于中宮坐于玄扈洛水之上有鳯皇集不食生虫不履生艸其雄自歌其雌自舞易乾鑿度曰帝王始興將起河洛龍見皆察其首黒者人正白者地正赤者天正

黒玉 **丹書** 帝王世紀曰湯時有神牽白狼啣鉤入殷朝者乃東觀沉璧于洛獲黄魚黒玉之瑞於是始受命稱王淮南子曰古者至德之運珠玉潤澤洛出丹書河出録圖

玄龜 **青鯉** 沈約宋書曰玄龜洛書者天符也王者德至川泉則洛出龜書河圖曰黄帝游於洛見鯉魚長三丈青身无鱗赤文成字也

龜疇 **鳳柙** 尚書曰天乃錫禹洪範九疇彛倫攸叙孔安国注疇類也天与禹洛出書神龜負文而出列於背有数至于九禹遂因而第之以成九類黄録曰帝坐玄扈洛上与大司馬容光左右輔周昌等百二十人臨觀鳯皇啣圖置帝前圖以黄玉為柙

笙鳳 **玉雞** 劉向列傳曰王子晉好吹笙作鳳皇鳴於伊洛之間有道士浮丘伯接以上嵩高山

帝王世紀曰昭靈后名含始游於洛池有玉雞銜赤珠刻曰玉英吞此者王含始吞之生漢祖劉季

堯壇 **周觀** 尚書中候曰堯沉璧於洛玄龜負圖出背甲赤文成字止壇帝王世紀曰武王伐紂營洛邑而定鼎焉今洛陽西南洛水之北有鼎中觀是也

軒遊 **周卜** 帝王世紀曰黄帝時天大霧三日帝遊洛水之上見大魚殺五牲以醮之天乃甚雨七日七夜魚流始得圖書今河圖視萌篇是也尚書曰召公既相宅周公往營成周使來告卜作洛誥曰我又卜瀍水東亦惟食

夏竭 **周鬬** 史記曰周幽王二年西周三川皆震伯陽甫曰昔伊洛竭而夏亡今周德若二代之季山崩川竭亡之徵也国語曰周靈王二十二年穀洛水鬬將毀王宮王欲壅之太子晉曰夫土之聚也藪物之歸也川氣之導也澤水之鍾也夫天地取於高歸於下吾今執政无乃實有所避而滑夫二川之神土卒壅之王室大亂賈逵注曰兩水會似於鬬

張禊 **潘居** 張協洛禊賦曰夫何三春之令日喜天氣之絪縕和風穆而布暢兮百卉曄而敷芬顧春服之既成兮將祓除於水濱潘岳閑居賦曰退而閑居于洛之涘

明珠 **藻**

玉明珠見下曹植賦山海經曰泰冒之山洛水出焉東流注于河其中有藻玉

沉璧 隧鐘

帝王世紀曰湯沉璧于洛獲黃魚黒玉之瑞孫嵩宋書曰高祖平関洛致鐘虡舊器南還一大鐘墜洛水

青雲浮 赤光起

尚書中候曰武王觀于河沉璧禮畢且退至于日昧榮光並塞河沉璧青雲浮洛赤龍臨壇銜玄甲之圖吐之而去江淹詣建平王上書曰今聖曆欽明天下樂業青雲浮洛榮光塞河尚書中候曰尭率群臣東沉璧于洛退候至于下稷赤光起玄龜負書出赤文成字宋均注曰稷讀曰側

九日溫 七夜雨

易乾鑿度曰帝盛德之應洛水先溫九日乃寒五日変為五色玄黃七夜雨見上軒遊注

賦

魏曹子建洛神賦

余從京師言歸東藩北過伊闕越轘轅經通谷陵景山容與乎陽林流眄乎洛川覩一麗人于嵓之畔乃援御者而告之曰彼何人斯若斯之艶也御者對曰臣聞河洛之神名宓妃君王所見无乃是乎余告曰其形也翩若驚鴻婉若游龍髣髴兮若輕雲之蔽月飄飖兮若流風之廻雪於是忽焉縱躰以游以嬉左倚采旄右蔭桂旗攘皓腕於神滸兮採湍

瀨之玄芝收和顏而靜志兮申禮防以自持爾乃衆靈雜遝命儔嘯侶或戲清流或翔神渚或採明珠或拾翠羽從南湘之二妃攜漢濱之游女躰迅飛鳬飄忽若神凌波微步羅襪生塵於是屏翳收風川后靜波馮夷鳴鼓女媧清歌騰文魚以警乘鳴玉鑾以偕逝六龍儼其齊首載雲車之容裔鯨鯢涌而夾轂水禽翔而為衛於是越北沚過南岡動朱唇以徐言陳交接之大綱恨人神之道殊怨盛年之莫當抗微情以效愛献江南之明璫雖潜處於太陰長寄心於君王

詩

唐太宗臨洛水詩

春蒐馳駿骨揔轡俯長河霞處流縈錦風前瀁卷羅水花翻照樹隄蘭到插波豈必汾陰曲秋雲發棹歌

蘇味道奉和受圖溫洛詩

緑綺膺河檢青壇俯洛濱天旋俄制蹕孝享屬嚴禋陟配光三祖懷柔洎百神霧開中道日雪斂屬車塵預奉咸英奏長歌億万春

李嶠奉和拜洛詩

七萃鑾輿動千年瑞檢開文如龜負出圖似鳳銜來啟薦三神享明禋万国陪周旗黃鳥集漢幄紫雲廻日暮鈞陳轉清歌上帝臺

牛鳳及奉和受圖溫洛詩

八神扶玉輦六羽警瑤溪戒道

伊川北通旌澗水西御圖開洛匱刻石帋天齊瑞日波中上仙禽霧裏低微臣矯弱翮抃舞接鵷鷺

薛眘惑進船於洛水詩禁園紆睿覽仙棹叶時游洛北風花樹江南彩画舟芳生蘭蕙艸春入鳳皇樓興盡離懷暮煙光起夕流

銘 後漢李尤洛銘洛出熊耳東流會集夏禹導疏經于洛邑玄龜赤字漢符是立帝都通路建国南鄉万乘終濟造舟為梁三都五州貢篚万方廣視遠聽審任賢良元首昭明庶類是康

渭水第八

叙事 春秋說題辭云渭之爲言布也渭渭流行貌周官雍州其浸渭洛關中記曰渭與涇洛一名漆沮水一名洛水出馮翊爲關中三川周幽王時三川震是也與涇渭灞滻澇滈灃鄗爲八水案水經注及山海經注渭水出隴西首陽縣鳥鼠同穴山東北過狄

道縣南上邽縣北陳倉縣南武功縣北槐里縣南與澇灃二水合東至高陵與涇水合又與漆沮水合經秦漢之都至潼津而入河也尚書稱導渭自鳥鼠同穴東會于灃東會于涇又東過漆沮入于河是也三輔舊事云初秦都渭北渭南作長樂宮橋通二宮間表河以爲秦東門表汧以爲秦西門二門相去八百里渭水貫都以象天河橋橫南渡以象牽牛漢都渭南開北闕以臨渭渭北則陵廟所在

事對 貫都 浸雍

三輔黃圖曰始皇都咸陽因北陵營殿端門四達以則紫宮象帝居渭水貫都以象天漢周官雍州其浸渭洛

知星　相氣　陳壽益都耆舊傳曰漢武帝時蜀張寬為侍中從祀甘泉至渭橋有女子浴於渭水乳長七尺上怪其異遣問之女曰帝後第七車知我所來時寬在第七車對曰天星主祭祀者齋戒不潔則女人見　葛洪神仙傳曰駙馬都尉北海巫炎字子都漢武帝出子都見於渭橋上見頭上鬱鬱有紫氣高丈餘帝召東方朔使相此君有何道術曰此君有陰道之術

垂釣　投錢　徐幹中論曰文王遇太公於渭濱皤然皓首持竿垂釣文王得之灼若祛雲而見日霍若開霧而觀山　趙岐三輔決錄曰安陵清者有項仲仙飲馬渭水每投三錢

晉壘　符壇　臧榮緒晉書曰諸葛亮率衆出斜谷高祖拒亮遂濟渭水背水為壘　裴景仁符書曰符健至長安賈玄等上尊號依舊儀立百官設壇城南於渭水之陽

造舟　贈路　毛詩曰文王初載天作之合在洽之陽於渭之涘文定厥祥親迎于渭造舟為梁又曰我送舅氏曰至渭陽何以贈之路車乘黃

應德　失紀　漢書曰昔三代居三河而河洛出圖

書秦居渭陽而水數赤瑞興應德之効也　焦贛易林曰山崩谷絕天福盡竭涇渭失紀玉曆既闕

通橋　複道　三輔舊事曰始皇帝即位在渭南作長樂宮橋通二宮閒表河以為秦東門表汧以為秦西門　史記曰秦始皇複道向阿房宮渡渭屬之咸陽以象天極閣道絕漢抵營室也

秦祠　漢拜　沈約宋書曰秦漢都西京涇渭水雖不在祀典以近咸陽故盡得此大川之祠　漢書曰文帝親拜灞渭之會以郊見渭陽五帝　如淳注曰二水之合也

龍飲　雞翔　辛氏三秦記曰龍首山長六十里頭入渭水尾達樊川高二十丈云昔有黑龍從南山出飲渭水其行道因成土山　裴景仁符書曰符健皇始四年冬山雞來入人家栖宿養子而去群聚傍渭水而游翔與家雞无異

出周鼎　得燕璽　史記曰文帝十五年趙人新垣平以望氣見因說上設立渭陽五帝廟欲出周鼎常有玉英見　王景暉南燕書曰姚秦皇初三年歲在丁酉於長安渭濱得赤璽上有文字曰天命燕德

呂釣陽　馮耕陰　史記曰太公以釣干渭周西伯將獵卜曰所獲非龍非螭非熊非羆所獲霸王之輔於是西伯獵果

渭太公於□陽弁語大悅馮衍楊節賦序曰馮子耕於驪山
之阿渭水之□廢弔問之禮絕游宦之路眇然有超物之心无
偶俗之志 **導鳥穴 入龍山** 尚書曰導渭自鳥鼠同穴孔安国注云鳥鼠共為雌雄同
穴處此山遂名山曰鳥鼠渭水出焉入龍山見龍飲注 **橋法牛 氣如蜃** 三輔黃圖
曰始皇兼天下都咸陽因山陵營殿端門四達以則紫宮象帝
居渭水貫都以象天河橋橫南渡以法牽牛雜兵書曰東海出
氣如鼇渭水出氣如蜃 **出地幹 象天河** 河圖曰鳥獸同穴山地之幹也渭水出其
中象天河事見橋法牛注 **驚輿馬 御樓船** 史記曰張釋之為廷尉漢文帝出中渭橋
有一人從橋下走出乘輿馬驚使騎捕屬廷尉廷尉奏此人犯
蹕當罰金漢書曰薛廣德為御史大夫直言諫爭元帝酎祭宗廟
出便門欲御樓船廣德當乘輿免冠曰宜從橋上乃從橋酈元注水經曰渭橋秦制也亦曰便門橋 **詩** **後周**
宇文逌至渭源詩 渭源奔鳥穴輕瀾起客亭淺淺滿澗響蕩蕩竟川鳴潘生稱運石馮子聽

波聲斜去臨天半橫來對始平合流應不雜方知性本清 **周庾信望渭水詩** 樹似新亭岸沙
如龍尾彎猶言今暝浦應有落帆還 **隋煬帝臨渭源詩** 西征乃屆此山路亦悠悠地幹紀靈
異同穴吐洪流濫觴何足擬浮槎難可儔驚波鳴澗石澄岸瀉
嵓樓滔滔下狄縣淼淼肆神州長林嘯台獸雲逕想青牛風嶠
花葉散日舉煙霧收直為求人隱非窮轍迹游 **隋薛道衡奉和臨渭源應詔**
詩 玄功復禹迹至德去湯羅玉關亭障遠金方水石多八川
茲一態万里導長波驚流注陸海激浪象天河鴦旗歷嵓
谷龍穴暫經過西老陪遊宴南風起詠歌庶品蒙仁澤生靈穆太和微臣惜暮景願駐魯陽戈 **隋柳顧言**
奉和春日臨渭水應令詩 飲馬投錢岸解釣剖璜津風絲良香■覆杯懷
昔人 **韋嗣立奉和三日祓禊渭濱詩** 乘春祓禊逐風光扈蹕陪
鑾渭渚傍還識當時水濱老衰年八十待文王 **李乂奉和三日祓禊渭濱詩**

中國花枿暮春時元巳陪遊樂在茲此日欣逢臨渭賞昔年空道濟汾詞

徐彥伯奉和三日祓禊渭濱詩　晴風麗日蒲芳洲御色春筵祓錦流皆言侍蹕璜溪讌暫似乘槎天漢游

涇水第九

敘事　周官雍州其川涇汭關中記云涇與渭洛爲關中三川與渭灞滻澇潏灃滈爲關中八水案辛氏三秦記及山海經注涇水出安定朝郡縣西开頭山淮南子云涇水出薄洛山高誘注云薄洛山一名开頭山東南經新平扶風至京兆高陵縣而入渭與渭水合流三百里清濁不相雜東合漆沮水至潼津入于河尚書稱導渭自鳥鼠同穴又東會于涇又云涇屬渭汭並是也屬音燭孔安国注尚書屬逮也水北曰汭言治涇水入於渭史記曰韓聞秦之好興利欲罷音疲之無令東伐乃使水工鄭國間說秦令鑿涇自中山西抵瓠口爲渠溉田因名鄭渠漢武時趙中大夫白公奏穿渠引涇水首起谷口尾入櫟陽注渭中二百里溉田四千五百頃因名白渠人得其饒歌之曰田於何所櫟陽谷口鄭國在前白渠起後舉鍤爲雲決渠爲雨涇水一石其泥數斗且溉且糞長我禾黍衣食京師億萬之口劉澄之交州記曰龍編縣

有高山涇水之所出今交州也漢書地理志曰丹陽郡有涇縣韋昭注云涇水出蕪湖北涇今宣州涇縣

事對

合渭　歷峽　辛氏三秦記曰涇渭合流三百里清濁不合　酈元注水經曰涇水東流歷峽謂之涇峽

秦卜　漢祠　史記曰秦二世夢白虎齧其左驂殺之卜涇水為祟二世乃齋望夷宮欲祠涇漢書曰灞滻灃澇涇渭之水皆不在大川之例以近咸陽盡得比山川之祠也

周震　漢壅　史記曰幽王二年西州三川皆震伯陽甫曰周將亡矣徐廣注曰涇渭洛也漢成帝河平四年長陵臨涇岸積壅涇水

毒晉　祟秦　左傳曰晉侯伐秦師諸侯之師以進濟涇而次秦秦人毒涇上流師人多死祟秦見秦卜注中

造舟　沉馬　薛瑩後漢書曰章帝北巡下長平御池陽宮東至高陵造舟至于涇而還酈元注水經曰涇水經望夷宮北臨涇水以望北夷秦二世將祠涇沉四白馬於涇齋於此宮內

鄭國鑿　白公穿　並已見叙事

山崩涸　岸積壅　淮南子曰硝山崩而薄洛之水涸高誘注曰硝山在雍薄洛涇水也岸積壅見漢壅下

出涇谷　屬渭汭　山海經曰涇西五十里曰涇谷之山涇水出焉東流注于渭屬渭汭事見叙事

望夷宮　長平觀　酈元注水經曰涇水經望夷宮北臨涇水又曰涇水經長平觀北甘露三年呼韓邪單于入朝上登長平觀詔單于无謁即是觀也

詩

徐珩日暮望涇水詩　導源經隴阪屬汭貫嬴都下瀨波恒急迴圻溜亦紆毒流秦卒斃泥糞漢田腴獨有迷津客懷歸漸暮途

讚

韋挺涇水讚　決渠濁流屬渭清津流亦毒晉靈嘗祟秦

初學記卷第六

初學記卷第七

地部下

錫山安國校刊

湖第一

叙事　廣雅云湖池也說文云湖大陂也風俗通云湖都也流瀆四面所隈都也周官揚州其浸五湖案張勃吳錄五湖者太湖之別名以其周行五百餘里故以五湖爲名虞翻又云太湖有五道別謂之五湖或說以太湖射貴湖上湖洮湖洮湖一名長塘湖在義興滆戶伯反湖爲五湖案國語吳越戰於五湖直在笠澤一湖中戰耳則知或說非也揚州記曰太湖一名震澤一名笠澤一名洞庭史記三苗之国左洞庭右彭蠡裴駰注云今太湖中苞山有石穴其深洞无知其極者名洞庭洞庭對彭蠡則知此穴之名通呼洞庭彭蠡即宮亭湖名也越絕書太湖週三万六千頃在吳興荆州記云宮亭即彭蠡澤也謂之彭澤湖一名匯孩賄反澤在豫章郡青草湖一名洞庭湖荆州記云因青艸山為名洞庭亦謂之太湖在巴陵郡雲夢澤一名巴丘湖凡此並昭昭尤著又廣大也居巢縣有巢湖揚泉湖吳郡有臨平湖女墳湖鄮縣

有萬金湖山陰有鏡湖𢌞踵湖蘭湖華湖魚湖山陰湖渠陽有
長塘湖阜陵有麻湖建鄴有後湖一名玄武湖蔣陵湖髙湖潯
陽有招湖無錫有射貴湖尸湖小湖耆湖秉湖猶湖招湖譙湖
縉湖昆湖招湖即海塩縣淪陷爲也江東有漏湖郢城有赤湖
蜀有白羊湖山陽郡有樊梁湖射陽湖津湖新安有白馬湖■
熟有赤山湖夏架湖丹陽湖張昭湖昭封婁侯又因名婁湖髙
下湖太傅湖太傅即謝安也著作簿湖劉南蠻湖侍中湖張侯
湖葛塘湖倪塘湖庾冰湖東陽有徐湖永嘉有蔣公湖自婁巳
下謂皆獨擅一湖之利武昌有長湖琅邪有攝湖錢塘有明聖
湖淮湖承湖承湖一名謳息湖京口有醴湖孟佐湖羊揚湖龍
日湖劫亭湖新豐湖吳興有欣湖武陵有丹坡湖始興有滄湖
武原淪陷爲當湖又有洋湖錡湖梅湖荊州有大井湖髙沙湖
大湰湖馬骨湖支湖坡湖赤湖汚湖鄮縣有鄮湖南康有平湖
豫州有芍陂湖南越有石湖蘄春有茱萸湖曲阿有後湖王子
年拾遺云負嶠山有方湖東方朔神異經
云豊州有温湖北方有石湖其水恒氷

事對

青草 **赤沙** 盛弘之荊州記曰巴陵南有青艸湖週𢌞數百里日月出
沒其中湖南青艸山故因以爲名酈元注水經曰澧水經
南安縣又京尗赤沙湖會
湖水通江南注澧水也

荊藪 **揚浸** 劉澄之荊州記曰
華容縣東南有雲
夢澤一名巴丘湖荊之藪也
周禮曰揚州其浸曰五湖

芍陂 **笠澤** 劉澄之豫州記
曰陳縣北有芍
陂湖魏將王陵与吳將張休交戰處張勃吳録曰五湖者太湖
之別名周行五百餘里故以名焉国語曰戰於五湖此一湖中
戰耳笠澤即
太湖別名

縣淪 **城陷** 趙曄吳越春秋海塩縣淪為招
湖徙居武原鄉故越地也千寶
搜神記曰由權縣秦時長水縣始皇時童謡曰城門有血城當
陷沒爲湖有嫗聞之朝朝往窺門將欲縛之嫗言其故後門侍
以大血塗門嫗見血走去忽有大水欲沒縣主簿令幹
入白令令曰何忽作魚幹曰明府亦作魚遂淪爲湖

魚下 **龍升** 鄭緝之永嘉記曰懷化縣有蔣公湖父老傳云先代
有祭祀祈請者湖輒下大魚亦之秦州記曰武都郡
前有湖義熈初有
白龍於湖升天者

銅船 **金牛** 劉欣期交州記曰有一湖
去合流北四十里至陰日
百姓樵捕見銅船出水上又有水牛在湖之中劉道真錢塘記
曰明聖湖在縣南父老相傳湖中有金牛古嘗有見其映寶雲

泉照耀流精神化莫測遂以明聖為名

分風　起雨　盛弘之荊州記曰宮亭湖廟神甚有靈驗塗旅經過无不祈禱能使湖中分風而帆南北南康仁空山上有平湖湖中艑底浮在湖中動搖便起風雨

秦憩　范游　錢塘記曰去邑十里有詔息湖古老相傳昔秦始皇巡狩經塗暫憩因以詔息為名国語曰伍子胥諫吳王弁我爭五湖之利非越乎及越滅吳范蠡乃乗扁舟游五湖

三山　五渚　劉澄之豫州記曰城父縣有巢湖湖過五里湖中有三山湖南有四鼎山戰国策曰秦弁荊戰大破之取洞庭五渚史記曰秦乗[redacted]而下漢四日而至五渚裴駰注五渚在洞庭湖

石函　銅斗　吳志曰孫皓時吳郡言臨平湖邊得石函中有小石青白色刻上作皇帝字改元為天璽謝綽宋拾遺曰張永開玄武湖古冢上得一銅斗有柄太祖訪之朝士何承天曰此是新威斗王莽三公亡皆賜之物一在冢內一在冢外于時江左唯有甄邯為大司徒俄而又得一斗復有石書稱甄邯之墓

白鵝　禎鯉　劉澄之揚州記曰新成縣東有倶山山上有湖湖中有白鵝一雙時時飛來不可常見周景式廬山記曰山頂有一窮湖湖足禎鯉鬐皆傷剥而又有一故艑檣崇山峻遠非舟檝所游豈深谷為陵此物不弁[redacted]而還乎

龍目　馬骨　劉楨京口記曰龍目湖秦王東觀親見勢云此有天子氣使赭衣徒鑿湖中長岡使斷因改名為丹徒今水北注江也盛弘之荊州記曰雲杜縣左右有大湖馬骨等湖夏水來則渺漭若海及冬涸則平林曠澤四眺煙日

賣藥　浮舟　劉向列仙傳曰東方朔者楚人漢武帝時為郎後有見會於賣藥於五湖徐州先賢傳曰勾踐滅吳謂范蠡曰吾將弁子分国而有之蠡曰君行令臣行意乃乗扁舟浮五湖終不返

金銀塘　珠玉泉　伏滔登故臺詩序曰夫差姑蘇臺東有丹湖万頃內有金銀塘陸賈新語曰舜藏黃金於嶃巖之山捐珠玉於五湖之泉以塞邪淫之路

賦

西晉楊泉五湖賦　余觀夫主五湖而察其雲物泉哉大矣以為名山大澤必有記頌之章故梁山有奕奕之詩雲夢有子虛之賦夫具區者揚州之澤藪也有大禹之遺迹疏川導滯之功而獨闕然未有翰墨之美余竊憤焉敢妄不才述而賦之其辭曰㴻矣大哉於此五湖乃天地之玄源陰陽之所徂上屬

斗牛之精弁雲漢乎同横受三方之灌漑為百川之巨都居揚州之大澤苞吳越之具區南弁長江分躰東弁巨海合流太陰之所宓玄靈之所遊追潮水而往還通蓬萊弁瀛洲云云

詩

李顒涉湖 旋經義興境頓棹石蘭渚震澤為何在今惟太湖浦圓徑數五百眇目渺无覩高天淼若岸長津雜如縷窈窕尋灣漪迢遞望峦峙驚颷揚飛湍浮霄薄懸岨輕禽翔雲漢游鱗憩中滸黯黯天時陰杳杳岩弁航舞憑何安可殉靜觀戒征旅

陳劉删泛宮湖 廻艫承泒水舉帆逐分風混漾疑无際飄颻似度空檣烏排鳥路船影没河宮孤石滄浪裏匡山若霧中寄謝千金子安知万里蓬

陳陰鏗渡青草湖 洞庭春溜滿平湖錦帆張沅水桃花色湘流杜若香穴去茅山近江連巫峽長帶天澄迥碧映日動浮光行舟逗遠樹度鳥息危檣滔滔不可測一葦詎能航

隋盧思道祭漅湖文 維開皇元年十二月朔甲子具位姓名遣某官以清酌庶羞之饋敬祭漅湖之靈曰泱漭澄湖南服之紀斜通海甸旁帶江汜淡過百仞潤踰九里彭蠡莫儔具區非擬揚越不庭多歷年祀王師薄伐六軍戾止戒期指日馬首欲東

常陰作沴零雨其濛水氣朝合天雲夜同申之苦霧繼以嚴風塗泥巳甚軌躅不通有稽天罰用沮元戎唯夫百神受職水靈為大皇王御宇率土无外當使日月貞明天地交泰雨師止其霖瀝雲將卷其蔚薈東渡弋船南聳鵰旆收尉佗之黄屋納孫晧之青蓋然後革車旋軫戎卒凱歌楚俘霧集與馬星羅无德不報有酒如河神之聽之斯言匪蹉

漢水第二

敘事

漢楚水也周禮荆州其川江漢案水經注及山海經注云漢水出隴坻道縣嶓冢山初名漾水東流至武都沮縣始為漢水東南至葭萌與羌水合至江夏安陸縣名沔水故有漢沔之名 即周昭王溺於此處 又東至竟陵合滄浪之水 即屈原遇漁父之處 又東過三澨水觸大别山南而入江也

庾仲雍漢水記曰漢水出廣漢漾水出東而東流至武都而與漢水合沔水出武都沮縣亦與漢水相合尚書稱嶓冢導漾東流爲漢孔安国注云泉始出山為漾水東南流為沔水至漢中東行為漢水又東爲滄浪之水過三澨至于大別南入于江東匯澤爲彭蠡東爲北江入于海是也匯迴也音胡晦反言漢水合大江迴流入彭蠡澤東北至南徐州名為北江而入海

事對

南紀 東流詩云滔滔江漢南国之紀東流見叙事

沉碑 潛壐酈元注水經曰沔水東經万山北山下有潭中有杜元凱好尚後名作两碑並述巳功一碑在峴山一碑沉此潭中曰千載之後何知不深谷爲陵又蜀志少府王謀等上言前襄陽男子張嘉王休獻玉壐壐潛漢水於深淵暉景燭曜壐光徹天

遇兕 截蛟紀年曰周昭王十六年伐楚荊涉漢遇大兕盛弘之荊州記曰沔水隈潭極深先有蛟為害鄧遐為襄陽太守拔劒入水蛟繞其足遐自揮劒截蛟數叚流血丹水勇冠當時於後遂无蛟患

近二別 過三澨左傳曰吳師伐郢楚子當濟漢而陣自小別至于大別杜釋地曰二別近漢之名過三澨見叙事

解珮 弄珠韓詩曰鄭交甫過漢皐遇二女妖服珮两珠交甫與之言曰願請子之珮二女解珮與交甫而懷之去十步探之則亡矣迴顧二女亦不見張衡南都賦曰耕父楊光於清泠之泉游女弄珠於漢皐之曲酈元注水經曰漢水東經万山北山下水隈云漢女昔日游處

鱣湍 龍泉酈元注水經漢水東經西城縣故城為鱣湍洪波滐盪瀾浪雲積古者舊言有鱣魚奮鬐望濤直上至此曝腮因以名湍焉又曰漢水經西城縣故城南又東為龍泉泉上有胡鼻山石類胡人鼻故也下臨龍井渚泉深數丈

碑潭 鐘岸碑潭見沉碑注孫巖宋書曰漢中城固縣漢水岸際有異聲如雷俄頃岸崩有銅鐘十二出自潛壤躰制既精扣之清響

楚望 荊川左傳曰江漢沮漳楚之望也周禮曰正南曰荊州其川江漢其浸潁淇

鯨灘 鮫潭酈元注水經曰漢水過西城縣又東經鼈池而為鯨灘鮫潭見上截

鮫注

夢神 游女 徐幹嘉夢賦曰昔嬴子與其交游於漢水之上其夜夢見神女毛詩曰南有喬木不可休息漢有游女不可求思

沉玉 亡劍 左傳曰蔡昭侯為兩珮與兩裘以如楚獻一珮一裘於昭王子常欲之不與三年止之蔡侯歸及漢執玉而祝曰余所濟漢而南者有若大川酈元注水經曰襄陽故城北枕沔水昔張公遇害亡劍於此

朝海 闕江 尚書曰江漢朝宗于海水經自沔與江合流東過彭蠡澤酈元引鄭玄云漢與江闕轉東成澤

含珠 隱玉 盛弘之荊州記曰荊蘊玉以潤其區漢含珠而清其域左思蜀都賦曰流漢湯湯驚浪雷奔望之天廻即之雲昏水物殊品鱗介異族或藏蛟螭或隱璧玉

對月谷 配天漢 配天漢見下蔡邕賦酈元注水經曰漢水右對月谷山有月坂有月川於其中黃壤沃衍

黃金水 白石灘 水經注曰漢水經大小黃金南山有黃金峭水北對黃金谷有黃金戍又曰漢水又東經魏興郡之錫縣故城北為白石灘縣故春秋之錫穴地也

七軍沒 六師喪 魏志曰征南將軍曹仁屯樊蜀關羽攻樊時漢水溢于禁等七軍皆沒紀年曰周昭王十九年天大曀雉兎皆震喪六師于漢

賦

後漢蔡邕漢津賦 夫何大川之浩浩兮洪流淼以玄清配名位乎天漢兮披厚土而載形發源自乎嶓冢引養瀁而東征納湯谷之所吐兮兼漢沔之殊名總畎澮之羣液演西土之陰精過乃山以左廻兮旋襄陽而南縈切大別之東山兮與江湘乎通靈嘉清源之躰勢澹澶湲以安流鱗甲育其万類兮蛟螭集以嬉遊明珠胎于靈蚌兮夜光潛乎玄洲雜神寶其充盈兮豈魚龜之足收

詩

梁庾肩吾奉和泛舟漢水往萬山應教 桂棹架棠舡飄揚橫大川映巖沉水底激浪起雲邊廻岸高花發春塘細草懸陪歌承睿賞接醴侍恩筵誰云李與郭獨得似神仙

李百藥渡漢水 東流既瀰瀰南紀信滔滔水激沉碑岸波駭弄珠皐含星映淺石浮蓋下奔濤溜闊霞光近川長曉氣高檣烏轉輕翼戲鳥落風毛客心既多緒長歌且代勞

王師渡漢水經襄陽 導漾疏源遠歸海會流長延波接荊夢通望邇

沮漳高岸沉碑影曲溆麗珠光雲昏翠島沒水廣素濤揚閬川已多歎遐睇幾增傷臨溪猶駐馬望峴欲霑裳喬木下寒葉亭林落曉霜山公不可遇誰與訪高陽

宋之問漢江宴 漢廣不分天舟移杳君仙林虹映晚日江鶴弄晴煙積水浮冠蓋搖風送管絃嬉遊不可極留恨此山川

驪山湯第三

叙事

博物志云凡水源有石流黃其泉則溫或云神人所煖主療人疾辛氏三秦記云驪山湯舊說以三牲祭乃得入可以去疾消病俗云秦始皇與神女遊而忤其旨神女唾之則生瘡始皇怖謝神女爲出溫泉而洗除後人因以爲驗漢武帝故事云驪山湯初始皇砌石起宇至漢武又加修飾焉 水經注云漁陽郡北有溫泉吳錄云始興山出湯泉零陵縣出溫泉丹陽記云湯山出溫泉三所述征記云東萊郡出溫泉臨川記云臨川縣出溫泉廬山記云主簿山下出溫泉安成記云宜陽南鄉出溫泉梁州記云漢水南出溫泉荊州記云新陽縣出溫泉銀山縣出溫泉耒陽縣出溫泉潯陽記云雞籠山下出溫泉始興記云靈泉源出溫泉幽明錄云艾縣輔山出溫冷二泉博物志云不周雲川之水溫如湯凡諸溫泉咸能療疾遠近帰之

事對

如沸 若湯 周景式廬山記曰主簿山在胡郎廟南數里山下有溫泉穴口周圍一丈許涌出如湯沸冬夏恒熱梁州記云漢水南有溫泉周圍數千步冬夏常沸涌若湯其熱可熟雞子未至二十里便望見白氣衝天

爛鳥 遊魚 郭緣生續述征記曰東萊郡有溫泉恒沸鳥墜輒爛又始興記曰靈水源有溫泉涌溜如沸時有細赤魚出遊莫有獲者

溫谷 湯山 溫谷見下劉義恭詩張勃吳錄曰丹陽江乘縣有湯山出溫泉三所

愈疾 流穢 袁山松宜都山川記曰銀山縣有溫泉注大溪夏纔

煖冬則大熱上常有霧氣百病久疾入此水多瘉流穢見下張衡賦中 **潮泉** **神井** 張僧鑒潯陽記
曰雞籠山下澗中有數十處累石若有人功水常深尺餘朝夕輒有湧泉溢出如潮水時刻不差朔望尤大號為潮泉常如沸
湯神井見下張衡賦序 **蠲慝** **攘寒** 蠲慝見下張衡賦中又江乘地記曰縣東南四十里半湯泉半
溫半冷共同壑謂之半湯泉張勃云冷水夏濯可以清暑溫水冬浴可以攘寒 **湯雞** **瀹卵** 常據華陽
志曰斯吏入南山洞溫水穴冬夏常熱其源可以湯雞豚下湯澡洗療宿疾王廣洛都賦曰雞頭溫水魯陽神泉不㸑自沸熱
若焦然爛毛瀹卵煑絹濯鮮瀹音藥 **痊痾** **保性** 王廣洛都賦曰痿瘵痱痾浸之則痊功邁藥石勳著
不言保性見下張衡賦中 **暄波** **灼水** 暄波見下劉義恭詩酈元水經注曰溫湯水出漁陽郡北山溫
溪即溫源也廢疾者不能澡以其過灼故也 **溫濤** **炎液** 曹植述行賦曰濯余身於神井偉溫濤之
若焚炎液見下劉義恭詩 **分寒水** **會氷泉** 臨陵縣記云縣有溫泉泉中有伏石分流

其陰清水常寒其陽溫泉湧沸飛霧如煙雪霜无以敗其熱劉
義慶幽明録曰艾縣輔山有溫冷二泉發源相去數尺熱泉可
煑雞豚冷泉常若氷雙流數丈而合俱會于一溪 **濯日月** **飛煙霧** 濯日月見下張
衡賦飛煙霧見上分寒水注 **萃士女** **邁藥石** 萃士女見下張衡賦邁藥石見上痊
痾注

賦 後漢張衡溫泉賦

余適驪山觀溫泉浴神井美洪澤之普施乃為賦云
覽中域之珍怪兮无斯水之神靈控湯谷于瀛洲兮濯日月乎
中營蔭高山之北延處幽屏以閑清於是殊方跂涉駿奔來臻
士女曄其鱗萃紛雜遝其如煙亂曰天地之德莫若生兮帝育
烝人懿厥成兮六氣淫錯有疾癘兮溫泉汩焉以流穢兮蠲除
苛慝服中正兮熈哉帝載保性命兮

魏曹植述行賦

尋曲路之南隅觀秦政之驪墳哀黔首之罹毒酷始皇之為君濯余身于神井偉溫濤之若焚

詩 唐高宗過溫湯

溫渚停仙蹕豐
郊駐曉旌路曲迴輪影岩虛傳漏聲暖溜驚湍駛寒空碧
霧輕林黃疎葉下野白曙霜明眺聽良无已煙霞斷續生

宋

劉義恭溫泉 秦都壯溫谷漢京麗湯泉炎德潛遠液暄波起茲源

北齊劉逖浴溫湯 驪岫猶懷土新豐尚有家神井堪消疹溫泉足蕩邪紫苔生石岸黃葉擁金沙振衣殊未已翻能停使車

越王貞奉和過溫湯 鳳輦騰宸駕驪籞次乾遊坎德疎溫液山隈派暖流寒氛空外擁蒸氣沼中浮林凋帷影散雲斂蓋陰收霜郊暢玄覽參差落景遒

王德眞奉和過溫湯 握圖開万寓屬聖啓千年驪阜疏緹騎驚鴻映彩旃玉霜明鳳野金陣藻龍川祥煙聚危岫態水溢飛泉停輿興睿覽還舉大風篇

楊思玄奉和過溫湯 豐城觀漢迹溫谷幸秦餘地接幽王壘淥分鄭國渠風威肅文衛日彩鏡雕輿遠岫凝氛重寒叢樹影疎迴瞻漢章闕佳氣滿宸居

鄭義眞奉和過溫湯 洛川方佇蹕豐野暫停鑾湯泉恒獨湧溫谷豈知寒漏鼓依巖畔相風出樹端嶺煙遥聚艸山月迥臨鞍日用誠多幸天文遂仰觀

序 周庾信溫湯碑序 咸池浴日先膺綠甲之圖砥柱浮天始受玄夷之命仁則

滌蕩埃氛義則激揚清濁勇則負山餘力弱則鴻毛不勝仲春則榆莢同流三月則桃花共下其色變者流為五雲之漿其味美者結為三危之露煙青於銅浦色白於鉛溪非神鼎而長沸異龍池而獨湧洗胃湔腸輿羸起瘠秦皇餘石仍為鴈齒之階漢武舊陶即用魚鱗之瓦豈獨醴泉消疾聞矣漢武之朝神水蠲痾在乎成康之世

銘 周王褒溫湯銘 挺此溫谷驪丘之陰白礐上徹丹砂下沉華清駐老飛流瑩心谷神不死川德愈滐

昆明池第四

敘事 廣雅云沼池也說文云池者陂也從水它聲風俗通云孫子有金城湯池之說後人因此開地為池以養魚鱉按漢書及西京雜記昆明池漢武帝元狩三年所穿也初漢欲求身毒國為昆明夷所閉昆明有滇池方三百

里名曰滇河漢將伐昆明以通身毒使謫卒伐棘上林象滇河作昆明池以習水戰池週圍四十里漢武帝平昆明池以其地為益州郡其滇水源深廣未及淺狹有似倒流故曰滇河潘岳關中記曰昆明漢武習水戰也中有靈沼神池云堯時理水訖停舟此池蓋堯時巳有沔池漢代因而深廣耳曹毗志怪云漢武鑿昆明池極深悉是灰墨无復土舉朝不解以問東方朔朔曰臣愚不足以知之可試問西域胡帝以朔不知難以移問至後漢明帝時外国道人入來洛陽時有憶方朔言者乃試以武帝時灰墨問之胡人云經云天地大劫將盡則劫燒此劫燒之餘乃知朔言有旨池中有戈船樓船各數百艘樓船上建樓櫓戈船上建戈矛四角悉垂幡旄旍葆麾蓋照燭涯涘又作二石人東西相對以象牽牛織女又刻

石為鯨魚每雷雨魚常鳴吼鬐尾皆動漢代祭以祈雨有驗至昭帝幼冲不復習戰於中養魚以給諸陵祠餘付長安市魚乃賤三秦記秦始皇作長池張渭水東西二百里南北二十里築土為蓬萊山刻石爲鯨魚長二百丈秦又有蘭池鎬池醴有即明天子璧池穆天子西征有玄池瑶池樂池鼎西王母宴所漢有建章宮太液池中築方丈瀛洲象海中神山春二月黃鵠下池中未央宮有滄池中築漸臺王莽死其上漢上林有池十五所承露池昆靈池池中有倒披蓮連錢荇浮浪根菱天泉池上有連樓閣道中有紫宮戟子池龍池魚池牟首池蒯池菌鶴池西陂池當路池東陂池太一池牛首池積艸池池中有珊瑚高丈二尺一本三柯四百六十條尉佗所獻號曰烽火對糜池含利池百子池七月七日臨百子池作于闐樂樂畢以五色縷相羈謂為連愛東漢有九龍池御龍池靈芝池白石池濯龍池天泉池魏在鄴有渌水池瓊華池疏圃池玄武池靈芝池在洛陽天泉池池中築九華臺流杯池幽

泉池陰流池鳴鶴池吳有太子池孫權子和築至晉明帝呼為太子池西晉有合利池都亭池靈芝池濛汜池張載作賦者潛靈池淥池東晉有清游池流杯池宋有天泉池華林池有雙蓮同榦芙蓉異花帶紺有酒池齊景公有昭華池後梁有靈泉池後魏有鴻鴈池流化池後燕有清涼池前梁有閑豫池有龍影五彩遂鑄銅龍於其上南燕有申池赫連勃勃有淥漣池大梁有蓬池襄陽有習氏魚池山簡所游者荊州有蔡子池臨沅縣有明月池益州有万歲池天井池千秋池雙龍池邛池沼州有干將池華曲池於潛有蛟龍池

事對

神池 **靈沼** 並見上叙事注 **開地** **伐棘** 並見叙事 **珠濱** **金堤** 潘岳關中記曰漢武習水戰作昆明池人釣魚綸絕而去夢於帝求去其鈎明日帝戲於池見魚銜索帝取其鈎放之間三日復游池濱得珠一雙帝曰豈非昔魚之報也張衡西京賦曰乃有昆明靈沼黑水玄沚周以金堤尌以柳杞豫章珍館揭焉中峙 **湯谷** **虞泉** 潘岳西征賦曰乃有昆明池乎其中湯湯汗汗滉瀁瀰漫浩若河漢日月麗天出入乎東西朝似湯谷夕類虞泉昔豫章之名宇披玄流而特

起儀景星於天漢列織女以雙峙 **玄流** **黑水** 玄流已見上湯谷注中黑水已見上金堤注中 **漢宇** **堯舟** 漢書曰漢武太修昆明池列館環之班固西京賦曰集于豫章之宇臨於昆明之池堯舟見上叙事注 **刻石** **儀星** 刻石見叙事儀星見上虞泉注 **名宇** **珍館** 名宇事已見上湯谷注中珍館事已見上金堤注中 **習戰** **肄師** 習戰事見上珠濱注中魏志曰太祖還鄴作玄武池以肄舟師潘岳西征賦曰乃有昆明池乎其中伊茲池之肇穿肄水師於荒服肄音異習也 **錦繡陂** **柳杞堤** 班固西都賦曰集於豫章之館臨乎昆明之池茂樹蔭蔚芳草被堤蘭茝發色曄曄猗猗若擒錦布繡燭燿乎其陂柳杞堤見上金堤注 **象滇** **儀漢** 漢書云漢求身毒国而為昆明所閉昆明国有滇河方三百里漢欲伐昆明象滇河鑿池名曰昆明池其滇河水源深廣未及淺狹有似倒流故曰滇儀漢事見上虞泉注 **豫章館** **劫燒灰** 豫章館見上金堤注劫燒灰見上叙事注 **升采鱗**

浮文鷁班固典引曰攄縟文皓質於郊升黃輝采鱗於沼司馬相如子虛上林賦曰怠而後游於清池浮文鷁揚旌栧

出入日月 吐納雲霧張衡西京賦曰乃有昆明靈沼黑水玄沚日月於是乎出入象扶桑弁濛汜張載濛汜池賦曰幽瀆滂集潛流獨注淡淡澧沛更來迭去仰承河漢吐納雲霧

詩

唐太宗冬日臨昆明池石鯨分玉溜劫燼隱平沙柳影冰无葉梅心凍有花寒猶凝朝霧霜天散夕霞歡情猶未極落景遽西斜

周庾信和炅法師游昆明池秋光麗曉天鷁舸泛中川密菱鄣浴鳥高荷沒釣船碎珠縈斷菊殘絲繞折蓮落光催斗酒栖鳥送一絃

隋江總秋日昆明池靈沼蕭條望游人意緒多終南雲影落渭北雨聲過蟬噪金隄柳鷺飲石鱗波珠來照似月織處寫成河此時臨水歎非復採蓮歌

隋薛道衡秋游昆明池灞陵因靜退靈沼暫徘徊新船木蘭檝舊宇豫章材荷心宜露泫竹徑重風來魚潛疑刻石沙暗似沉灰琴逢鶴欲舞酒遇菊花開羈心与秋興陶然寄一杯

隋虞茂賦昆明池一物得織女石隔河圖列宿清漢象昭回支機就鯨石拂鏡就池灰船疑海槎渡珠似客星來所恨雙娥歛逢秋遂不開

隋元行恭秋游昆明池旅客傷羈遠樽酒慰登臨池鯨隱舊石岸菊聚新金陣低雲色近行高鴈影深欹荷瀉圓露卧柳橫清陰衣共秋風冷心學古灰沉還似无人處幽蘭入雅琴

李百藥和許侍郎游昆明池神池望不極滄波接遠天儀星似河漢落景類虞泉年湥平舘宇道泰偃戈船舟池下鳧鴈掩映生雲煙浪萃開已合風文直且連税馬金堤外橫舟石岸前羽觴傾綠蟻飛日落紅鮮積水浮深智明珠曜雅篇大鯨方遠繫沉灰獨未然知君嘯儔侶短翮徒聯翩

任希古和七月七日游昆明池秋風始搖落秋水正澄鮮飛眺牽牛渚激賞鏤鯨川岸珠淪曉魄池灰斂曙煙泛槎分寫漢儀星別構天雲光波處動日影浪中縣驚鴻結滿弋游鱗入壯筌萍葉疑江上菱花似鏡前長林代輕幄細艸即芳筵文華開[redacted]筆海控清漣不挹蘭樽聖空仰桂

册仙

沈佺期奉和晦日幸昆明池法駕乘春轉神池象漢回雙星遺舊石孤月隱殘灰戰鷁逢時去恩魚望幸來岸花緹騎遶堤柳幔城開思逸橫汾唱歡流宴鎬杯微臣彫朽質羞覩豫章材

冰第五

敘事

說文云冰水堅也韓詩云說冰者窮谷陰氣所聚不洩則結而爲伏陰易曰履霜堅冰陰始凝也詩云二之日鑿冰冲冲三之日納于凌陰二之日夏之十二月三之日夏之正月周以十一月為正二之日當夏正十二月也三之日當夏之正月冲冲聲也凌陰冰室也十二月之時天地大寒水化爲冰鑿取堅冰至正月納藏於室之中人君春夏祭祀及其常食卒有凶事則得以斂人臣無冰室其終卒君錫之以冰故左傳云日在北陸而藏冰西陸朝覿而出之其藏冰也深山窮谷涸陰沍寒於是乎取之其出之也朝之祿位賓客喪祭於是乎用之其藏之也黑牡秬黍以享司寒其出之也桃弧棘矢以除其災祭司寒而藏之獻羔而啓之大出而畢賦自命夫命婦至於老疾無不受冰夫冰以風壯而以風出其藏之也周其用之也徧則冬無愆陽夏無伏陰人不夭札是也風

俗通云積冰曰凌冰壯曰凍冰流曰澌冰解曰
泮
事對
象玉 比珠 曹植七忿曰素冰象玉難可磨蕩結土成龍遭雨則傷比珠見下顧凱之賦
冬壯 春釋 禮記曰孟冬之月冰始凍仲冬之月冰益壯地始拆淮南子曰夫水向冬則凝而為冰迎春則釋而為水冰水施易乎前後
六尺 百丈 漢書鼂錯上書曰胡貉之地積陰之處木皮三寸冰厚六尺東方朔神異經曰北方有冰万里厚百丈𪕮鼠在冰下土中焉其毛長八尺可為褥却風寒
霜堅 風壯 並見叙事
水複 泉沍 毛詩注曰冰盛水複則命取冰於山林張衡思玄賦曰行積冰之磑磑清泉沍而不流
北方鼠 東海蠶 北方鼠見上百尺下王子年拾遺録曰東海員嶠山有冰蠶長七寸有鱗角以霜雪覆之始為繭其色五綵織為文錦入水不濡投火不燎
魚負 鳥覆 易通卦驗曰大雪魚負冰鄭玄注曰負冰上近冰也毛詩曰稷誕寘之寒冰鳥翼覆之
履霜 積雪 履霜見叙事楚辞曰桂棹兮蘭枻斲冰兮積雪王逸注曰遭天盛寒斲斫冰凍紛然如雪言已勤苦
夕飲 朝湌 莊子曰朝受命而夕飲冰我其内熱歟謝靈運苦寒行曰樵蘇无夙飲鑿冰煑朝湌悲矣采薇唱苦哉有餘酸
夏蟲疑 春魚上 莊子曰夏虫不可以語於冰者篤於時也曲士不可以語於道者束於教也孫綽天台山賦曰哂夏虫之疑冰整輕翮而思矯禮記曰立春之日東風解凍又五日蟄虫始振又五日魚上冰風不解凍獮令不行魚不上冰兵甲不藏
河流澌 海結凌 薛瑩後漢書曰光武至薊上王郎使兵至上發薊晨夜馳騖至下曲陽呼沱河導吏還言河流澌无船不可渡遣王霸往視實然霸念恐驚衆即還曰冰牢可渡比至冰可乘帝遂得渡呼沱河王隱晉書曰慕容廆上言正月十二日躬征平郭遂假陛下天地之威將士竭命精誠感靈海為冰結凌行海中三百餘里臣問故老初无海冰之歲
闔廬室 琅邪井 越絶書曰吳閶門外郭中冢者闔廬冰室薛瑩後漢書曰靈帝光和六年冬北海東萊琅邪井冰厚丈餘
后

稷鳥　王祥冰　史記曰姜嫄為帝嚳元妃出野見巨人跡歆然悅欲踐之踐而身動如孕期而生子以為不祥棄渠冰上飛鳥以其翼覆薦之　臧榮緒晉書王祥字休徵後母朱氏思生魚于時河水冰堅祥朝朝冒厲風於涯伺魚一朝忽冰開小穴有雙鯉跳出

夏頒秋刷　藏周用偏　周禮曰祭祀供冰鑑賓客供冰大喪供夷槃冰夏頒冰掌事秋刷鄭玄注曰暑氣盛王以冰頒賜則王為之刷清也秋涼冰不可用以清除其室也左傳曰夫冰以風壯而以風出其藏之也周其用之也徧杜預注曰周密也徧及老疾也

賦

西晉庾儵冰井賦　嘉陰陽之博施兮美天道之廣宣万物雜而无越兮不易類以相干或専陽負暑兮或固陰冱寒塗雖殊而同歸兮信協德而俱延於是孟冬之月羣陰畢升霜雪紛其交■兮流波結而成凌啓南墉之重隩兮將去熱以藏冰山人是取縣人是承納幽宮之邃宇兮静恬淡以清徵抱堅精之玄素兮發川靈而長凝於是寒往暑來四時代序帝將攘患災災是禦乃命有司啓彼潛戶寒風慘悴比焉清暑格炎靈之恣曜兮摧盛陽之暴怒弭和春之凄風兮遏溫夏之苦雨保百姓之艱難兮俾羣生之寧處及至股肱或虧卿士殞喪寧神扇暑肅厲清涼用處凶禮无失典常美厚德之兼愛兮乃惠存以及亡

東晉顧凱之冰賦　爾乃連綿絡幕乍无翕然靈化得漸已龕細白隨川方圓隨渠義剛有折照晝則虛託形超象比朗玄珠一宗理而常全經百合而彌切轉若驚電照若澄月積如累空泮若墮節臨堅投輕應變縷裂瓊碎星流清練清越

詩

後梁沈君攸詠冰應教　日華照冰彩灼爍自相明陰潭欲半解陽岸已全輕未釋苦文隱將銷艸氣生稍得觀魚上非獨見狐驚儻逢魏后術當驗可為城

篇

富嘉謩明冰篇　北陸蒼■河海凝南山闌干晝夜冰素彩峩峩明月升深山窮谷不自見安知採斲備嘉薦陰房固沍掩寒扇陽春二月朝始暾春光潭沲度千門明冰時出御至尊彤庭赫赫九儀備胥玉煌煌千官事明冰畢賤周在位憶昨沙朔寒風漲崑崙長河冰始壯漫汗崚崙積亭障邕邕鳴鴈江上來禁苑池臺冰始開搖春涵綠映樓臺幽歌七月王風始明冰藏用照物軌四時不忒千萬祺

井第六

敘事

釋名云井清也泉之清潔者也易傳云井通也物所通用也禮記云井與門戶竈中霤爲五祀世本云伯益作井亦云黃帝[redacted]百物始穿井周書黃帝穿井說文云八家爲井象構幹形又墨子云二舍共一井風俗通云井者法也節也言法制居人令節其飲食無窮竭也久不渫滌爲井泥易云井泥不食泥去聲一不停汚曰井渫音洩易云井渫不食滌井曰浚井水清曰冽井易云井冽寒泉甃責救反聚塼修井也易云井甃无咎井有天井坎井孫子兵法云地陷曰天井又云坎井之蛙不知江海之闊火井雲井異說云臨卭縣有火井漢室之盛則赫熾桓靈之際火勢漸微諸葛孔明一窺而更盛至景曜元年人以燭投即滅其年蜀并於魏洞冥記云長安東七万里有雲山山頭有井雲從中出若土德王則黃雲出火德王則赤雲出水德王則黑雲出金德王則白雲出木德王則青雲出風井金井鹽井冰井荆州記曰風井夏則風出冬則風入又云益陽縣有金井數百古老傳有金人以杖量地輒便成井意者疑是昔人採金謂之金井漢書云蜀多鹽井羅襃以鹽井富後漢書琅邪有冰井厚丈餘浪井粉井雲母井瑞應圖曰王者清淨則浪井出廣志云臨卭有粉井得水汰粉則益光嵩高記云少室山有雲母井出雲母藻井一名方井風俗通云堂殿上作以象東井藻水艸所以厭火魯靈光殿賦曰圓泉方井反植荷渠腐井甘井沸井軍井家井楚辭云淹芳芷於腐井非腐臭也莊子云直木先伐甘泉先竭丹陽記云句容縣有沸井亦曰沸潭周禮曰挈壺氏以令軍井

事對

金瓶 瑤甕古舞歌詩曰淮南王自言尊百尺高樓與天連後園

鋈井銀作牀金瓶素綆汲寒漿瑶甕見下郭璞賦 玉檻 球欄 山海經曰海内崑崙墟在西北帝之
下都髙万仞[redacted]有九井以玉為檻郭璞注曰檻欄也王廙洛都賦曰玉井球欄嶷若積霜正殿雙闕是曰甫堂 玉羊
金鳥 韓詩外傳曰魯哀公使人穿井三月不得泉得一玉羊哀公甚懼孔子曰聞水之精為玉土之精為羊此
羊肝乃土爾哀公使人殺羊其肝即土也劉敬叔異苑曰蘭陵昌慮縣郚城有華山山上有井有鳥巢其中金喙黑色而團翅
此鳥見則大水井又不可窺窺者不盈一歲輙死 綺欄 玉甃 魚豢魏略曰明帝九龍殿前為玉井
綺欄玉甃見下江逌賦 埳鼃 谷鮒 莊子曰埳井之鼃謂東海鼈曰吾樂歟吾跳梁于井幹之上休
乎缺甃之涯埳井之樂亦至矣奚不來觀乎東海之鼈左足未入右膝已縶矣易曰井谷射鮒甕敝漏 無禽
有魚 易曰井泥不食舊井无禽時舍也易災悠曰井中有魚[redacted]垂出流若當井佛五色玄珠 八家
二舍 說文曰八家一井象構幹形甕象也墨子曰備城五十步一井屏周垣之髙八尺又曰二舍共一井 桐

生 桃落 魏明帝猛虎行曰雙桐生空井枝葉自相加通泉浸其根玄雲潤其柯師曠問天老曰人家忌
臘日殺生於堂上有血光一不祥井上種桃花落井中二不祥 投轄 潛鼎 漢書曰陳遵每大飲賓客
滿堂輙閉門取客車轄投井中孔融告昌安縣教曰邑人髙幼自言辟得井中鼎失所久潛于井得之休明雖小重也黄耳金
鉉利貞之象国遭凶荒彝器出或者明以饗人 投璽 得鐘 張勃吳録曰初漢黃門張讓等劫天子出
至河上掌璽投井中及[redacted]蹟洛陽城南甄宫有井五色氣出孫堅命浚[redacted]得漢傳国璽瓶紫緒晉書曰晉王將即阼郭璞占国
家徵得豫之睽案卦會稽郡當出鐘應在人家井得之後會稽剡縣人陳清在井中得一鐘形製尤精也 負金
抱甕 劉向說苑曰衛有五丈夫負缶入井灌韭終日一區鄧析過下車教曰為機重後輕前命曰桔槔終日溉百區
五丈夫曰吾聞師言有機智之巧必有機智之心我不為也莊子曰子貢過漢陰一丈夫方為圃畦鑿隧而入井抱甕而出子
貢曰有機於此日浸百畦圃者笑曰天有機事必有機心吾羞不為也 老子廟 神農社

劉義慶幽明録曰襄邑縣南瀨鄉老子之舊鄉也有老子廟廟中有九井能潔齋入祠者水温清隨人意念瀨鄉記曰老子廟中有九井汲一井餘井水皆動盛弘之荆州記曰隋郡北界有厲鄉村村南有重山山下有一穴父老相傳云神農所生林西有西重壍內有週圍一頃二十畝地中有九井神農既育九井自穿又云汲一井則衆井水動即以此為神農社年常祠之庖犧生乎陳神農育乎楚考籍應圖於是乎在

重華窖 漢祖厄 史記曰瞽叟使舜穿井舜象共下石填井舜為匿穴傍出郭璞井賦曰怪季桓之穿費兮乃獲羊於土缶重華窖而龍化兮子求鑒以忘醜戴延之西征記曰板渚津津南原上有厄井父老云漢祖與楚戰敗走逃此井追軍至見兩鳩從井中出故得免厄因名厄井

泥不食 甘先竭 易曰井泥不食舊井无禽時舍也莊子曰孔子圍陳蔡太公往弔之曰子幾乎直木先伐甘泉先竭

賦

西晉孫楚賦 倚崇丘以[redacted]井兮臨斥澤之滛滂苦行潦之滓濁兮靡清流以自娛乃喟爾而有感兮幸鄰左之數夫脉厥土以興泉兮登甘醴於玄虚躰象圓川下貫五仞幽泉騰涌津澤傍潤

抱罋而汲不設機引絶彼滛飾安此璞慎俗尚其華我篤其信既處涅而不緇又磨之而不磷雖矢之而无妄寔游心於大順

東晉郭璞賦 益作井龍登天鑿后土洞黄泉潛源[redacted]湊潏湍消消幽濵圓渟洞深玄爾乃冠玉檻甃鱗錯鼓鹿盧彈勁索飛輕裾之繽紛手爭鶩而互擲長繘蜿蛇以曾縈兮摇罋龍騰而灑激氣霧集以杳冥兮聲雷駭而淵潛

東晉江逌賦 惟大朴之既判兮聖應務以表靈演入卦以極用兮運五材以賛生鑽丹暉於金石兮引黄泉乎杳冥巽下火而鼎立兮木上水而井成於是大制既契物遵其徽阡逵瓜分廬宅星列修冢給之永用鑿堦庭而制穴穿重壤之十仞兮搆玉甃之百節營之不日既汲既滌

東晉王彪之賦 考五材之物化寂寘感而資靜水帶地而壤潤月流天而宵烱燧鑽木而發火益穿坤而構井潛流炤炤寒泉冽冽含七德以幾道兮盡衆善而莫伐摹玄羲之靈爻仰東宿之飛景步土脉測水泉方欄結鹿盧懸下沉甁而互汲飛纖綆而幽牽於是杳黄壚之邃鮮潤下之潔澄瀾恬以清渟泓冷朗以寥戾協太陰以化液躰上善以流惠

詩

梁范雲悲廢井 因舊

未嘗改緑甘故先竭歷稔久无虧一朝見開涤泌泉既斯涌短綆將焉設已獲丁氏利方見管公綵又賦得

詠井詩（弓鑒長秋曲有浚廣庭前即源已為浪因方自成翔圓兼冬積温水疊暑必寒泉不甘應未竭既凋斷翮）

梁湯僧濟深井得金釵（昔日倡家女摘花露井邊摘花還自比插映還天鏻窺窺終不罷笑笑自成妍寶釵從此落從來非一年翠羽成泥去金色尚如先此人今不在此物今空傳）後周

宗懍麟趾殿詠新井（當為醴泉出先令浪井開銅新九龍殿石勝凌雲臺）鄭翼

過嚴君平古井（嚴平本高尚遠蹈古人風賣卜城都市流名大漢中舊井改人世寒泉久不通年多既罷渫无禽乃遂空如何屬秋氣唯見落雙桐）

蘇味道詠井（玲瓏映玉檻澄澈瀉銀牀流聲集孔雀帶影出壟羊桐落秋蛙散桃舒春錦芳帝力終何有樵心庶此忘）

頌

宋孔甯子井頌（天高聽早載厚流謙揮鋒既擊跪拜亦霑惟益有作德遠事兼明王用汲人具爾瞻）

橋第七

叙事

釋名云橋水梁也爾雅云梁莫大於溴（子役反）梁郭璞注梁即橋也或曰梁石橋也石杠（音江）謂之徛（音寄）亦石橋也廣志云獨木之橋曰権（音角）亦曰彴（音灼権水上横一木為渡彴今謂之略彴）説文曰楚人謂橋爲圯（音夷）凡橋有木梁石梁舟梁謂浮橋即詩所謂造舟爲梁者也（造至也音七到反謂從舟至舟相編為橋）周文王造舟于渭秦公子鍼奔晉造舟于河（在蒲坂夏陽津今蒲津浮橋是其處）秦都咸陽渭水貫都造渭橋及横橋南渡長樂宮漢作便橋以趨茂陵（對便門作橋故亦謂之便門橋）並跨渭以木

爲梁漢又作霸橋以石爲梁長安又有飲馬橋洛陽魏晉以前跨洛有浮橋洛北富平津跨河有浮橋即杜預所建又有車馬橋鄂坂有黄橋吳有朱雀橋歷晉逮王敦反後改爲乘雀橋又有枝橋羅[illegible]橋張[redacted]橋張昭所造故名之又有赤闌橋白虎橋雞鳴橋蜀有七橋一冲里橋二市橋三江橋四万里橋五夷里橋六笮橋七長升橋云李氷造上應七星又有鴈橋漢安橋廣一里辛又有陰平橋升遷橋相如題者襄陽有木蘭橋一名賭蘭橋雀鼠谷有魯班橋上方有鬼橋陜城有鴨橋清河有吕丹橋華安有赤蘭橋上虞有百官橋仇池有博山橋覆津橋鹿角橋泗水有石橋張良遇黄石公處也東海有石橋秦始皇造欲過海也後凉有通順橋在燉煌後燕有五丈橋此皆晉魏已前昭昭尤著也

事對

造舟 **鞭石** 造舟事已見上叙事中齊地記曰秦始皇作石橋欲渡海觀日出處舊説始皇以術召石石自行至今皆東首隱軫似鞭捷瘢[redacted]似馳逐

飛洛 **浮河** 成公綏洛褉賦曰飛橋浮濟造舟為梁春秋後傳曰赧王三十八年秦始作浮橋于河

舉杯 **受履** 王隱晉書曰杜預啓河橋于富平津衆論以為殷周所都經聖賢而不作者必不可故也預曰造舟為梁則河橋之謂也遂作橋成上從百官臨會舉杯勸社預曰非君此橋不立也預曰非陛下之明臣亦不獲奉成聖制史記曰張良嘗遊下邳圯上有一老父衣褐至良所直墮其履圯下顧謂良孺子下取履良因長跪授之父以足納履笑去作期來云孺子可教徐廣注曰圯橋也

潛犀 **陷馬** 常璩華陽国志曰蜀郡蒲江有七橋直西門郫江曰冲里橋西南石牛門曰市下石犀所潛泉也魏志曰景元四年伐蜀鍾會先命牙門將許儀在前理道會在後行而橋穿陷馬足於是斬儀

蒼蛟 **白獺** 祖台之志怪曰義興郡溪渚長橋下有蒼蛟吞噉人周處執劒橋側伺久之遇出於是懸自橋上投下蛟背而刺蛟數創流血[redacted]溪自郡渚至太湖句浦乃死周處風土記曰陽羡縣前有大橋下有獺將有兵獺動出穴口西向而嗥

河厲 **溴梁** 段国沙洲記曰吐谷渾於河上作橋謂之河厲長一百五十步橋兩岸累石作阯階節節相次大材縱橫更相鎮壓爾雅云梁莫大於溴梁郭璞注云梁即橋也

萬里 **五丈** 常璩華陽国志曰蜀郡大城南門曰江橋

自江橋南渡曰万里橋西上曰夷橋從冲里橋西北逝曰長升
橋崔鴻後燕録曰慕容垂弟劉牢之戰于五橋澤晉大敗車騎
慕容德等引兵要牢之五丈橋牢之馳馬跳五丈澗會苻丕救至而免

應星 **似虹** 常璩華陽国志
曰李氷造七橋上應七星故光武謂吳漢曰安軍宜在七星橋
間也周處風土記曰陽羨縣前有大橋南北七十二丈橋中高
起有似虹形袁君所立

牽牛 **飲馬** 三輔黃圖曰秦始皇兼天下都咸陽宮營殿端門四達以則紫
宮渭水貫都以象天漢横橋南渡以法牽牛三輔故事曰漢
丞相夏侯嬰墓在飲馬橋東入道南今俗人謂之馬冢也

張侯 **呂母** 山謙之丹陽記曰大長安道西張侯橋者本張子布宅處也郭緣生述征記曰壽張縣梁山際
清水呂母宅任山北東北過水呂母梁積石猶在

車馬 **螭龍** 華延儁洛陽記曰城西車馬橋去城
十三里張衡思玄賦曰服靈黿以負砥亘螭龍之飛梁

擊榏 **折柱** 環濟吳紀曰孫權赤烏八年夏
有靈霆犯宮門柱又擊商津大橋榏魚豢魏略曰景初中洛陽
城東橋城西橋洛水浮橋三柱三折三柱三公象也時徭役大

興三公垂頭隱匿故也

比黿鼉 **浮魚鼈** 紀年曰周穆王三十七年東至于九江比
黿鼉以為梁王充論衡曰高麗国侍婢有氣如雞子來下之有
身生子名東明東明善射王恐其害国欲殺之東明走至淹水
以弓擊水魚鼈浮為橋既渡魚鼈解散

張飛斷 **吳漢鋸** 蜀志曰先主為曹公所追
張飛相後據水斷橋无敢近者東觀漢記曰公孫述大司馬田
戎將兵下江開至南郡據浮橋於江水吳漢鋸絶横橋大破之

漢宣登 **晉惠舍** 漢書曰宣帝自甘泉宿池陽宮蛮夷君長侯王迎者數万人夾道陳
上登渭橋咸稱万歲王隱晉書惠帝太安二年九月丁丑上舍于河橋

尾生期 **豫讓寢**
抱朴子曰尾生弟婦人期橋下水至不去以至溺死雖有信不
如无也樂資春秋後傳趙襄子遊於圃中至於梁馬却不肯進
青荓為驂乘襄子曰進視梁下前類有人青荓進視
梁下豫讓却寢佯為死人青荓云長者且有大事

太宗賦得浮橋 唐

曲岸非千里橋斜異七星暫低逢輦度還高値浪驚水摇文鷁動纜轉錦花縈遠近

隨輪影輕重應人行梁庾肩吾石橋秦王金作柱漢帝玉為梁仙人飛往易道士出歸難後周王褒和庾司水修渭橋東流仰天漢南渡似牽牛長堤通甬道飛梁跨造舟使者開金堰太守擁河流廣陵候濤水荊峽望陽侯波生從故舩沙漲涌新洲天星識辨對檢玉應沉鈎空恍浮雲駐非復採蓮謳後周宗懍登渭橋仲山朝飲馬還坐渭橋中南瞻臨別館北望盡離宮四面衣裾合三條冠蓋通蘭香想和季雲起憶成公圯上相知早雞鳴幸共同周庾信在司水看修渭橋大夫參下位司職渭之陽富平移鐵杜甘泉運石梁跨虹連絕岸浮黿續斷航春舟鸚鵡色流水桃花香星精逢漢帝釣叟遇周王平隄石岸直高堰柳林長羨言杜元凱河橋獨舉觴張文琮賦橋造舟浮渭日鞭石表秦初星文遥瀉漢虹勢尚凌虚巳授文成履復空題武騎書別有臨濠上棲偃獨觀魚

關第八

叙事　鄭玄注禮記曰關境上門也月令章句云關在境所以察出御入也漢書云在天文兩河間有天關梁周禮司關掌國貨之節以聽關市故有關市之賦國凶禮則無門關之征征亦賦也案春秋之時騎境皆有關門以察行李魯有六關臧文仲廢六關是也楚有昭關伍子胥逃楚關吏拘之胥以吞珠之事是也秦地西有隴關東有函谷關臨晉關今蒲津關所在南有嶢關武關為關中武關即秦詐楚之處漢書云漢興都關中置關都尉以察偽遊用傳出入傳即今之過所也音張戀反下同漢文除關無用傳漢景復置用傳漢武時楊

僕征南越有功恥爲關外人爲徙函谷關於新
安洛陽記云漢洛陽四關東成皐關南伊闕關
西函谷關北孟津關秦有榆中關在邊郡漢有玉門關陽關五原關蕭關在邊郡天井關
在太行山居庸關在上谷江關在吳壺關在上黨橫浦關湟溪關在越後漢有散關斜谷關在秦西南藍田關在秦南廣城關
轘轅關旋門關鄂坂關在洛陽白水關在南鄭爵離關在河西魏有潼關在函谷西金門關在函谷東蜀有陽安關晉有馬淵
關在望都縣井陘關高梁關在趙地延壽關在新城清泥關在秦西南太行關在上黨鴻上關在中山白馬關在沙洲銅關鐵
關在吳蓟關在盧氏縣衡關在蒲坂南馬耳關皇蘭關在邊郡

事對

北守 **東封** 東觀漢記曰王梁爲中將弁景丹蔡遵合擊蠻中破之詔梁別北守天中關又曰隗囂將王元謂囂曰請以一丸泥為大王東封函谷關此万代時也

賓叩 **旅悅** 周禮曰凡四方賓客叩關譏而不禁則天下之行旅皆悅而願出於其路

矣

廢六 **據兩** 左傳曰臧文仲不仁者三下展禽廢六關妾織蒲漢書曰孝武時霍去病擊破匈奴左右地分置武威等四郡據兩關

秦詐 **漢徙** 譙周古史考曰秦君遺楚子書曰願弁會武關面相結楚子往秦君詐令一將軍伏兵武關稱為秦王楚子至則閉關漢書曰武帝元鼎三年冬徙函谷關於新安以故關為弘農縣

飛牡 **亡珠** 漢書曰函谷關成帝元延元年函谷關決門牡自亡谷永對曰函谷拒山東之險關守国之固將去焉故牡飛吳越春秋曰伍子胥奔吳到昭關關吏欲執之伍子胥曰上之所索者以我有美珠今我已亡之矣將告子取吞之關吏因舍焉

楚塞 **蜀門** 戰国策曰楚有汾陘之塞桓寬鹽鐵論曰楚自陘山設關以拒秦左思蜀都賦曰廓靈關以為門

察繻 **何留** 察繻見敘事漢書云廚傳勿舍關津何留何渭問是何人而停留之云何河也

石臺 **銅嶺** 酈元注水經曰居庸關山上有石臺三層並古關之候臺也董覽吳地記穹崇山東兩嶺相趁名曰銅嶺

白馬 **青牛** 劉向七略曰公孫龍持白馬之論以度關

關令内傳曰周元極元年歲在癸丑冬十有二月二十五日老
子度函谷關關令尹喜先勑門吏曰若有老翁從東來乘青牛
薄板車勿聽過關其日果見老翁乘
青牛車求度關授喜道德經五千■
棄繻 **解印** 漢書曰
初終軍
從濟南當詣博士步入關關吏予軍繻弃而去范曄後
漢書曰李固為廣漢雒令至白水關解印綬還漢中
襄傳
封符 張瑩漢南記曰郭丹絶跡弃軍纏節襄傳從武關出
詣更始東觀漢記曰郭丹字少卿初之長安賣人關
符已入封符乞人數曰
不乘使者車不出關矣
白水 **青泥** 劉澄之梁州記曰關
地西南百八十里有
白水關昔李固解印綬處孫嚴宋書曰高祖北伐沈田
子入武關屯青泥姚泓及率大衆數万奄至青泥關
春斗 **冬奎** 太公金匱曰春三月斗星為天關戰背天關向
天梁敵不可當
雞鳴 **馬入** 史記曰秦王囚孟嘗君遂變名姓夜半至函谷
關關法雞鳴出客孟嘗君恐追至客有居下坐
者能為雞鳴遂發傳出食頃追果至郭子橫洞冥記曰東方朔
得神馬一匹高九尺武帝問朔是何獸也朔曰此王母乘靈光

之輦以適東王公之舍稅此馬於芝田臣之王
公之壇因騎繞日三匝此馬入漢關門猶未掩
金城 **玉門** 闞駰上地十三洲記曰金城郡有金城關漢
書曰上黨有井關燉煌龍勒有玉門關陽關
識異言 **禁**
遊宦 礼記曰關執禁以譏禁異服識異言鄭玄注譏呵
察之也賈子曰關所以禁遊宦諸侯乃无得出焉
襟
帶咽喉 **擊柝反拒** 李尤函谷關銘曰函谷險要襟
帶咽喉張衡西京賦曰關門反
拒漢得久長又東京賦曰函谷
擊柝於東西是以朝顛而暮拃

賦

後漢李尤函谷關
賦 惟皇漢之休烈兮包八極以據中混无外之盪盪兮惟唐
典以極崇万国喜而洞洽兮向天衢以流通襟要約之險
固兮制關鍵以擒非其南則有蒼梧蕩浦離水謝沐淮浦零中
以窮海陸於北則有■居天井壺口石陘貫越代朔以臨胡庭
緣邊邪指陽會玉門凌測龍推或置以西於西則有隨隴武夷
白水江零沔漢阻曲路田山泉奮水潦溢■落是經洒宮覽以
汎觀兮歷衆關以游目惟李
闔之宏麗兮嗟莫盛於函谷
晉江統函谷關賦 登彼函
谷爰覽

丘陵地險逶迤山岡相承深塹累降脩衣重升下杳冥而幽㥀
上穹崇而高興帶以河洛荃重以嶠阻經略封畿因固設險異服
則呵奇言必撿逍藪究於未芽殿邪偽於萌漸及文仲之斯廢
乃建仁而受貶聖王制典盖以防淫万里順軌壃湯不侵撫四
夷而守境豈恃阻於高岑彼桀紂以顛墜非山河而不深顧晉
平之愛險獲汝叔之忠箴鄙魏武之墜志嘉吳起之弘心末代
陵遲惡嬴氏之叛渙乃因茲而自增下凌上替山冢崒崩覽孟
嘗之獲免賴博愛而多寵惟七国之西征仰斯阻而震恐豈嶼
險之難犯將群帥之无勇咨漢祖之絶關又見敗於勍項尹喜
爰處觀妙研情李老西徂五千遺聲張祿既入穰侯乃傾營陵
之出稟築由生衛鞅及商喪宗摧名終軍弃
繻擁節飛榮覩浮偽於末俗思玄真乎大庭

詩

唐太宗入潼關 嶠函稱地險襟帶壯兩京霜峯直臨道冰河曲繞城古木參差影寒猿斷續聲冠盖往來合風塵朝夕驚高談先馬渡偽曉預雞鳴弃繻懷遠志封泥負壯情宗有真人氣安知名不名

陳周弘正入武關 武關設地險遊客好邅廻將軍天上落童子弃繻來揮汗成雲雨車馬颺塵埃雞鳴不可信天曉莫先開

隋虞茂入關絶句 隴雲低不散黃河咽復流關山多道里相接幾重愁

徐賢妃秋風函谷應詔 秋風起函谷朔氣動河山偃松千嶺上雜雨二陵間泫雲愁廣隰落日慘重關此時飄紫氣應詔真人還

來濟出玉關絶句 斂轡遵龍漢銜悽度玉關今日流沙外垂涕念生還

李行言秋晚度廢關 秦郊平舊險周德眷遺黎始聞清夜柝俄見落封泥物色來无限津途去不迷空亭誰問馬關戍但鳴雞山月寒彌淨河風曉更凄贈言楊伯起非復是關西

宋之問過函谷關 二百四十載海向河紛紛六国兵同合七雄勢未分從成拒秦帝策決問蘇君雞鳴將狗盜論德不論勳

楊齊哲過函谷關 地險崤陵北途經分陝東逶迤泉山盡荒涼古塞空川光流曉日樹影散朝風聖德今无外何處是關中

箴

後漢崔瑗關都尉箴 茫茫九州據為關津唐堯積德三代脩仁越季不執爰失厥人聖賢不用頑嚚是親漢潰武關項破函谷秦王

子嬰女媼爲禽僕尉
臣司閑敢告並轂

初學記卷第七